山东文化体验廊道故事丛书·上编

沂蒙
红色文化故事

YIMENG HONGSE
WENHUA GUSHI

总编纂　王志民
主　编　陈三营

山东文艺出版社

图书在版编目（CIP）数据

沂蒙红色文化故事 / 陈三营主编. — 济南：山东文艺出版社，2023.9
（山东文化体验廊道故事丛书）
ISBN 978-7-5329-6916-6

Ⅰ.①沂… Ⅱ.①陈… Ⅲ.①历史故事—作品集—中国 Ⅳ.①I247.81

中国国家版本馆CIP数据核字（2023）第103413号

沂蒙红色文化故事
YIMENG HONGSE WENHUA GUSHI

总编纂　王志民　　主编　陈三营

主管单位　山东出版传媒股份有限公司
出版发行　山东文艺出版社
社　　址　山东省济南市英雄山路189号
邮　　编　250002
网　　址　www.sdwypress.com

读者服务　0531-82098776（总编室）
　　　　　0531-82098775（市场营销部）
电子邮箱　sdwy@sdpress.com.cn

印　　刷　山东临沂新华印刷物流集团有限责任公司
开　　本　880毫米×1230毫米　1/32
印　　张　7
字　　数　150千
版　　次　2023年9月第1版
印　　次　2023年9月第1次印刷
书　　号　ISBN 978-7-5329-6916-6
定　　价　59.00元

前　言

　　党的二十大报告明确提出："坚守中华文化立场，提炼展示中华文明的精神标识和文化精髓，加快构建中国话语和中国叙事体系，讲好中国故事、传播好中国声音，展现可信、可爱、可敬的中国形象。"习近平总书记在文化传承发展座谈会上深刻指出，要在新起点上继续推动文化繁荣、建设文化强国、建设中华民族现代文明。编纂出版《山东文化体验廊道故事丛书》（以下简称《丛书》）是深入学习贯彻党的二十大精神和习近平总书记重要指示精神，贯彻落实山东省委、省政府关于打造文化"两创"新标杆部署要求的重要举措，是立足山东文化资源优势，以沿黄河、沿大运河、沿齐长城、沿黄渤海和沿胶济铁路等文化体验廊道为轴线，以各市文化体验廊道建设为着力点，撷取历史文化精华的大型普及性学术工程，是在新的历史起点上讲好山东故事、坚定文化自信、推动文化繁荣、促进文旅结合的重点文化项目。

　　山东，古称"齐鲁之邦"，是中华文明最重要的发源地之一。奔流的黄河由山东入海，齐鲁大地是黄河文明的核心区域之一。巍峨屹立的泰山，自古以来就是历代帝王封禅之地，是中国东方上层文化的活动中心，1987年被联合国教科文组织列为中国第一个世界文化、自然双重遗产。黄渤海环绕的山东半岛是全国最大的半岛，漫长海岸线形成了丰厚的海洋文化资源，一直是中国北方海上丝绸之路的重要门户。山东又是伟大思想家、教育家孔子和孟子的故乡，是儒家文化的发源地，是中国人乃至全球华人、华裔心中的"圣地"。在被称为中华文明"轴心时代"的春秋战国时期，齐鲁是中华文明的"重心"所在：诸子百家，多出齐鲁；儒墨显学，独领风骚。齐国故都临淄，是当时最大的工商业都城，被国际足联命名为"足球起源地"；这里诞生了中国历史上最早的大学堂——稷下学宫，是诸子百家争鸣的学术文化中心；齐长城西起济水，东到大海，蜿蜒于泰沂山脉，全长一千余里，是现存最早的有准确遗迹可考、保存状况较好的古代长城；被列为世界文化遗产名录的京杭大运河，纵贯山东南北，极大影响了元明清以来山东地区的经济文化发展，鲁西沿岸城市带的崛起，成为中国南北文化交流融合的运河明珠，见证了山东地区社会文化的隆替嬗变。近代以来，随着烟台、青岛等沿海城市的崛起和胶济铁路的修筑，山东成为中西文化交流、冲突、碰撞、融合的核心地区之一，收回青岛主权成为"五四"爱国运动的导火索。革命战争年代，山东党政军民用生命和鲜血凝聚而成的"党群同心、军民情深、水乳交融、生死与共"的"沂蒙精神"，是齐鲁优秀文化、伟大建党精神与中国共产党领导的人民革命英雄主义精神的集中体现，是对山东境内沂蒙、胶东、渤海、鲁西（冀鲁豫边区）

等抗日革命根据地红色文化、革命精神的集中凝练和概括，与延安精神、井冈山精神、西柏坡精神等一起成为中国共产党人精神谱系的重要组成部分。齐鲁文化在中华文明发展中的特殊地位，山东地区源远流长、丰富厚重的文化资源，坚定文化自信和自觉的历史责任担当是我们举全省之力编纂《丛书》的内在动力。

《丛书》以国家文化公园建设为引领，以落实文化"两创"、推动"两个结合"为宗旨，以推动全省及各市文化建设为目标，是具有权威性、故事性、可读性、趣味性的历史故事集成，是一套可携带、可利用、可转化的文化读本。《丛书》分为上、下两编，上编16本，围绕"四廊一线"文化体验廊道、八大文化传承发展片区展开。"四廊一线"构筑的沿黄河、沿大运河、沿齐长城、沿黄渤海、沿胶济铁路的文化交通线纵横交错，相互联系又各具特色，其特点是以脍炙人口的故事形式联通"四廊一线"的人物事迹、重点景区、遗址遗迹等，厚植文化体验廊道的思想内涵和文化底蕴。八大文化传承发展片区，既涵盖了沂蒙、渤海、鲁西、胶东四大红色文化片区，又吸收了泰山文化、儒学文化、齐文化作为重要支撑，演奏出山东历史文化、革命文化、社会主义先进文化的时代交响。下编16本，紧紧围绕各地市优势和特色展开，主要记述本地区历史故事、文化遗址与人文景观、非物质文化遗产等内容，是推动文化廊道落地、推进片区文化建设、增强文化认同、深化文旅体验的重要载体。

《丛书》由山东省委常委、宣传部部长白玉刚统筹谋划和指导，省委宣传部专门组建学术编纂委员会负责具体实施，省直各有关部门和各市委宣传部给予大力支持配合，省内相关高校、研究机构和各市有关单位共100余位专家学者积极参与，历经酝酿策划、启动实施、提纲设计、样稿研讨、通稿审稿、编辑出版等六个阶段。2022年以来，省委、省政府先后印发《关于打造中华优秀传统文化"两创"新标杆行动计划（2022—2025年）》《关于建设文化体验廊道推动文旅融合高质量发展的实施计划（2023—2025年）》，全方位挖掘展现山东人文沃土可以深度耕作的比较优势，为《丛书》编纂做好了思想、学术和组织准备。具体编纂过程中，省委宣传部专门印发《关于做好〈丛书〉编纂工作的指导意见》，统一思想认识，作出全面部署。编委会以线上线下形式，多次召开全体会议和分组专题会议，狠抓三个重要工作节点：**一是审定编撰提纲。**通过反复研讨、交流、修改、会审等形式逐一审定编写提纲，最大程度保证全书质量。**二是树立样稿典型。**集中力量撰写、反复研讨修改，确定分类样稿，做好典型导引。**三是全力做好通稿统审。**采用主编初审、各卷主编交流互审、学术专家主审、首席专家终审等层层把关、集中审查、反复修改的方式提高稿件质量。

回顾《丛书》编纂工作，始终注意把握好以下四个方面：**一是坚定文化自信。**通过挖掘历史资料、开发历史资源、恢复历史场景等形式，获取文化营养，坚定文化自信。**二是助推文化自觉。**通过传承弘扬优秀传统文化、红色文化、社会主义先进文化，深入挖掘历史先贤和革命先烈的伟大事迹，推动文化自觉，与培育践行社会主义核心价值观有机结合。**三是落实文**

化"两创"。精选真实历史故事，注重挖掘故事背后的文化内涵，推动齐鲁优秀传统文化在新时代创造性转化和创新性发展，推进文化自信自强。**四是服务文旅融合。**借助故事、景观、遗址、非遗讲解词、短视频等融媒体形式，让广大读者在区域文化旅游、廊道文化体验中感受中华文化的博大精深，增强民族自豪感和自信心。

在内容撰写上注重四个结合：**一是与廊道体验相结合。**突出廊道建设概念，以故事为纬线，以时代发展为轴线，通过富有魅力的故事讲述，展示历史人物、景观、史实，引领读者体验传统文化的恢宏气势和博大精深。**二是与景观建设相结合。**以真实动人的故事为景观建设提供重要的历史资源和文化依据，通过一个个精品景观建设展示历史故事的丰富内涵和当代价值。**三是与文物保护相结合。**通过讲述历史故事，让广大读者进一步了解相关文物、遗址的历史文化价值，提升文物保护意识，推动群众性文物保护工作再上新台阶。**四是与媒体利用相结合。**立足于故事转化，使故事成为各类媒体传播的重要基础、蓝本和素材，成为廊道文化、片区文化讲解、传播的重要学术依据和资料来源。

《丛书》的编纂出版，是普及、传播优秀传统文化，推动文化"两创"的新尝试。衷心希望广大读者通过阅读本书，吸收丰富文化营养，多提宝贵修改意见。

编者

2023 年 8 月

导　语

　　沂蒙地区既是一块传承中华文明的沃土，也是一块有着中国革命历史的红色热土。这一区域主要包括山东省临沂市的三区九县和淄博市的沂源县，日照市的莒县、五莲县，潍坊市的临朐县，济宁市的泗水县，泰安市的新泰，枣庄市市中区、台儿庄区、山亭区的一部分，江苏省连云港、新沂、赣榆、东海等县市的部分地区等。

　　沂蒙文化根植于东夷文化的沃土之中，是齐鲁文化的重要一脉。在抗日战争和解放战争中，沂蒙人民不畏强敌、英勇战斗、无私奉献，展现了沂蒙人的精神风貌，赋予了沂蒙文化新的内涵，形成了沂蒙红色文化。沂蒙红色文化诞生于战火纷飞的革命战争年代，是中国共产党领导下的沂蒙军民进行伟大革命实践的产物，是沂蒙人民在不断追求自身独立和解放的过程中形成的先进文化。

　　党的"一大"代表王尽美和许多革命志士在这里传播了马克思主义，发展建立了党的组织，燃起了反抗压迫的星星之火。

马克思主义的传播和中国共产党地方组织的建立，为沂蒙人民投身革命奠定了坚实的基础。特别是中共沂蒙第一个县级组织中共沂水支部和中共鲁南第一支部等党的基层组织的建立，极大地促进了沂蒙地区革命事业的发展。在革命理想的感召下，沂蒙地区的党政军民面对强敌毫不畏惧，历尽苦难而不断奋起，一大批优秀的共产党员用生命和热血诠释了共产党人的崇高理想和坚定信念。中国共产党及其领导的人民军队和沂蒙人民在血与火的斗争中，在蒙山沂水间，书写了英勇不屈的壮丽篇章，构筑起了沂蒙红色文化的主脉和风骨。

中国共产党在这里时刻践行着为人民服务的宗旨。从党和人民军队的高级领导干部到党员、战士，都用自己的切身行动践行着全心全意为人民服务的宗旨。他们以身作则，勇于吃苦，敢于牺牲。他们始终坚持人民的利益高于一切，始终坚持把为人民谋解放作为自己的奋斗目标，始终将为人民谋幸福作为自己的初心，始终将为人民服务作为自己的追求，为人民的解放事业做出了巨大的贡献。

在中国共产党的影响和感召下，沂蒙人民坚定了跟党走的信念，积极参军参战，支前生产，为党和人民军队的发展贡献着自己的力量，为抗击帝国主义的侵略和实现民族解放立下了不朽功勋。在战火硝烟中，沂蒙人民无私地奉献自己的一切，当前线兵源不足时，他们将自己的丈夫、儿子送上战场；当部队物资供给不足时，沂蒙人民推上小车、挑起扁担将物资送到前线；当面对烧杀抢掠的侵略者时，沂蒙人民英勇无畏，与人民军队共同抗敌，沂蒙人民为革命的胜利做出了巨大贡献。他们是普通的老百姓，却创造了极不普通的历史。沂蒙人民在参军参战的过程中诠释了对党的无限忠诚，在拥军支前方面表达了坚定不移跟党走的信念。党政军民在共同的抗争中形成了同呼吸、共命运、心连心的血肉联系，铸就了党群同心、军民情深、水乳交融、生死与共的沂蒙精神，谱写了军民鱼水情深的伟大赞歌。

中国共产党、人民军队、沂蒙人民在这里进行的革命活动，为这片沃土留下了厚重的红色文化资源。土地革命时期，中国共产党领导沂蒙人民在日照、沂水、龙须崮、苍山等地发动了多次武装暴动，给国民党反动统治以沉重的打击。在这片血染的土地上，留下了许许多多的传奇故事。抗战全面爆发后，沂蒙人民秉承不畏强暴、誓死抗争的光荣传统，守家固土，浴血奋战。八路军——五师挺进沂蒙地区后，发动群众，建党扩军，扩大、巩固了沂蒙抗日根据地。在这片红色的热土上，沂蒙地区的党政军民用生命捍卫了沂蒙山的尊严；在战火硝烟中，用热血铸就了沂蒙山的灵魂，书写了不屈不挠、英勇抗争的历史。解放战争时期，中国共产党带领沂蒙人民粉碎了国民党反动派的全面进攻和重点进攻，并参加了战略大反攻，沂蒙人民自觉参与革命、支援革命，为夺取解放战争的伟大胜利做出了重要贡献。

在革命战争年代，沂蒙军民用自己的行动践行着忠诚担当、无私奉献的优秀品质，形成了具有时代特色的沂蒙红色文化，其中蕴含了许多感人至深的红色故事。这些故事是中国共产党人革命精神的重要体现，是沂蒙军民鱼水情深的生动展现。从具体类型来看，有罗荣桓、陈士榘、符竹庭等共产党人在这里工作、战斗的故事；有刘永良、张淑珍、陈元君等沂蒙群众无私奉献、支援前线的故事；有"识字班""庄户学""《大众日报》的创刊"等发展教育、启迪思想的故事；有鲁南战役、莱芜战役、对崮山战役等不惧强敌、可歌可泣的战斗故事。这些故事是沂蒙党政军民在面对侵略和压迫时同心同德、不怕牺牲、英勇抗争的真实写照。这些故事中所展现出来的奋斗精神、奉献精神、家国情怀，是激励沂蒙人民奋发有为的强大精神动力。这些在沂蒙红色文化发展中所形成的经典故事，激励着一代又一代的沂蒙人民积极投身到社会主义建设中，积极投身到改革开放的大潮中，推动了沂蒙地区的改革、发展、创新，形成了新时代沂蒙地区大、美、新、强的文化风貌。

新时代我们要将沂蒙红色文化故事传承好，传播好，要通过传承和传播沂蒙红色文化中的典型故事，展现革命战争年代沂蒙党政军民的密切关系、动人事迹、革命情怀、奉献精神。使沂蒙红色文化故事在新时代中国特色社会主义事业建设中发挥坚定理想信念、凝聚奋斗力量、激发昂扬斗志的重要作用；使沂蒙红色文化故事在新时代文化事业发展中更好地发挥引领方向、铸魂育人的重要功能。因此，我们要将沂蒙红色文化故事中所蕴含的情感、精神、力量传承好，将沂蒙红色文化故事中所蕴含的思想理念、价值观念、高尚情怀、奋斗意识弘扬好，使沂蒙红色文化成为引领沂蒙人民坚定地走中国式现代化建设道路、积极投身新时代中国特色社会主义现代化建设的精神动力。

目 录

一

理想信念

中国共产党在沂蒙地区所进行的早期的理论传播和革命实践，如暗夜中的星火照亮了沂蒙人民前行的道路，并逐步延烧于沂蒙大地。马克思主义的传播和沂蒙地区党组织的建立，使沂蒙地区的革命活动有了科学的理论指导和坚强的组织领导。在马克思主义的指引下，无数仁人志士坚定了为革命事业而奋斗的信念，他们用生命和热血诠释了共产党人的坚定意志和信念。自从有了马克思主义，沂蒙人民在黑暗迷茫中看到了胜利的希望。他们在先进理论的影响下，逐步了解中国共产党是全心全意为人民谋利益的政党，只有坚定不移地跟着共产党走，人民才能翻身得解放，穷人才能过上好日子。沂蒙人民以极大的热情，义无反顾地投身于中国共产党领导的革命实践之中。

（一）真理之光

近代以来，沂蒙地区遭受了帝国主义、封建主义和官僚资本主义的剥削和压迫，人民生活在水深火热之中。为了改变这一状况，沂蒙地区的进步青年奔赴各地寻求真理，探索救国救民之道，并在革命斗争中逐步接受了马克思主义。随着马克思主义在沂蒙地区的传播，沂蒙地区基层党组织的筹备和创建工作也悄然展开，推动了当地革命运动的发展，也进一步推动了沂蒙人民革命意识的觉醒。

1. 王尽美播撒革命火种

一百多年前，中华大地列强横行，军阀混战，中华民族国运衰微，民不聊生。一位山东青年为救国救民，毅然前行，探寻革命真理。他就是王尽美，中国共产党的创始人之一，山东党组织的第一批组织者和领导者之一。

王尽美，原名王瑞俊，1898 年 6 月 14 日出生于一个佃农家庭，莒县北杏村（今属山东诸城市）人。爷爷、父亲因病辞世，他自幼与奶奶、母亲艰难度日。他因为是同村地主家孩子的陪读而获得了读书机会，十四岁时免费考入了村里的初小四年级。学习期间受

"五四运动"时期的王尽美

进步老师的引导和进步书刊的启蒙，王尽美开始认真思考、深入探究广大民众生活艰难的深层次原因，并把旧社会环境和阶级矛盾结合起来，积极为劳苦大众寻找解放之路。

1918 年，俄国十月革命胜利的消息传来，他感到世界处于急剧变化之中，于是决定赴山东省立第一师范学校继续求学，寻找救国救民的真理。出发前，他爬上村庄附近的乔有山，俯瞰着北杏村，为抒发内心情感，作了一首诗："沉浮谁主问苍茫，古往今来一战场。潍水泥沙挟入海，铮铮乔有看沧桑。"字里行间透露着救国救民、改造社会的远大抱负。

1919 年，"五四运动"爆发，这为他探索救国救民的新道路提供了历史契机。"五四运动"期间，王尽美被推举为山东学生联合会负责人之一，他率领同学们参加游行、集会、演讲、罢课等活动。5 月 23 日，济南二十一所中等以上学校的学生在王尽美等人起草的《罢课宣言》的呼吁下罢课。此外，王尽美还返乡组织了"十人团"，成立了反日会，开始发起抵制日货等活动。在热闹的集市上，他慷慨激昂地进行宣讲，把"五四运动"的火种播撒到了偏远的农村地区。

在"五四运动"中崭露锋芒的王尽美，逐渐成为山东革命活动的组织者和带头人。他结识了志同道合的亲密战友——邓恩铭。从此，两颗年轻的心在救国救民的探索中紧紧地连在了一起。

"五四运动"后，马克思主义在山东广为传播，许多进步报刊发表了大量宣传马克思主义的文章，受到了知识青年的欢迎。这一时期，王尽美如饥似渴地阅读了大量革命书刊，并逐步接受了马克思主义。1920 年 3 月，李大钊等人在北京大学秘密组织成立了马克思学说研究会。王尽美得知此事后，立即启程前往北京考察学习，成为北京马克思学说研究会的第一批外埠会员。从此，王尽美频繁地往来于北京和济南之间，这时的他已经成为一个坚定的马克思主义者。

1921年9月，王尽美、邓恩铭在济南成立了马克思学说研究会。会员人数很快就增加到了五十多人，包括学生、职员、店员和工人，他们经常聚在一起阅读关于共产主义的新书，举办演讲和讨论会。作为学会负责人，王尽美积极向大家介绍马克思主义。经过"五四运动"的淬炼和对中国黑暗社会的研究与思考，学习马克思主义理论后，王尽美的思想逐渐发生了质的变化，他意识到只有马克思主义才能拯救中国。

1920年11月，王尽美与邓恩铭等人发起成立了励新学会，创办了《励新》半月刊。这份半月刊积极宣传新思想、新文化，刊登了许多有关社会改革的文章，批判当前的弊端，启迪年轻人。1921年春天，在北京、上海等地的共产党早期组织的帮助下，王尽美和邓恩铭等人发起创建了济南共产党早期组织。它的诞生，给灾难深重的山东人民带来了光明和希望。1921年7月，王尽美和邓恩铭作为山东共产党早期组织的代表，一同前往上海参加了中国共产党第一次全国代表大会，见证了中国共产党的诞生。这一年，王尽美二十三岁。

1921年，王尽美等人从上海回到济南后，革命思想得到了升华，在革命的大道上迈出了更加坚定的步伐。王尽美作《肇在造化——赠友人》诗一首："贫富阶级见疆场，尽善尽美唯解放。潍水泥沙统入海，乔有麓下看沧桑。"从此，他改名为"王尽美"，立志为"尽善尽美"的共产主义崇高理想奋斗终身。

作为山东党组织的领导人，王尽美同志积极投身于党的组织建设，对山东党组织的创建和发展做出了重大贡献。党的"一大"之后，王尽美返回山东，奔走于齐鲁大地，积极筹建党组织，使山东各地的党组织得到了迅速发展。革命的火种在山东这片土地上燃烧了起来，呈现出了燎原之势。然而，长期的忘我工作和艰苦的生活条件，使得王尽美感染上了肺结核，经常咳血。尽管如此，他仍然带病工作，奔波于济南、青岛、北京、上海、广州等地，宣传马克思主义，组织工人罢工。

1925 年 8 月 19 日，王尽美病逝于山东青岛，他生命的刻度永远停在了二十七岁，他把自己年轻的生命献给了伟大的共产主义事业。王尽美在病危时，委托当时青岛市党组织负责人以书面形式记录了他的遗嘱："全体同志要好好工作，为无产阶级和全人类的解放和共产主义的彻底实现而奋斗到底！"

斯人已逝，精神永存。他用信念、热血和生命矗立起了一座不朽的精神丰碑，教育和引导着一代又一代共产党人不忘初心、牢记使命、团结奋斗。

2. 中共鲁南第一支部的诞生

中共鲁南第一支部成立于 1929 年 10 月，是我党在临、郯、费、峄地区创建的第一个党支部。中共鲁南第一支部诞生之后，在刘之言同志的组织和领导下开展了一系列活动，传播了马克思主义，播撒了革命的火种，发起了多次武装暴动，强有力地打击了敌人，在沂蒙大地上谱写了不可磨灭的光辉篇章。

刘之言，1906 年出生于郯城县马头镇，毕业于山东省立第一师范学校。1926年加入中国共产党。1927年5月，刘之言受党组织的派遣，从济南回到家乡郯城，以教员的身份作为掩护，积极开展革命活动。刘之言回到家乡后，以郯城县立第三小学教师的身份独立开展党的秘密活动。刘之言团结马头镇及其附近的小学教员，组织了读书会、小学教员联合会，在农村组织了农民协会，宣传马克思主义，使马克思主义在这一带进步青年中得到迅速传播，为建立党组织做了充分准备。1929年秋，刘之言领导教职员工进行了争取待遇平等的增资斗争，并取得了胜利之后，刘之言介绍了马头三小的教员刘谐和入党，并把在郯城一小任教的党员孙善师聘到了马头三小。1929年10月，刘之言在郯城县第三小学创建了中共支部，后被称为"中共鲁南第一支部"。这是中国共产党在临郯地区建立的最早的支部。

中共鲁南第一支部旧址

中共鲁南第一支部建立后，就把革命的火种撒向了鲁南大地，为此后鲁南地区革命斗争的开展奠定了坚实的基础。支部建立后，便以马头镇为中心，秘密开展革命活动，马头镇也由此成为鲁南党组织的重要发祥地。支部的主要工作是团结进步青年，开展各种活动，培养积极分子，发展党员，扩大党组织。中共鲁南第一支部先后在临沂省立第五中学、临沂省立第三乡村师范学校、费县平邑镇、费县师范讲习所、临沂县傅庄等地建立了支部。这些新发展的党员和党组织统归马头三小党支部领导。马头三小的革命火种撒遍了鲁南大地。

在发展党员和扩大党组织的同时，中共鲁南第一支部还积极发动农民组织农民协会，利用农民协会同地主展开经济斗争，为贫苦的农民争取物质利益。1931年，"九一八事变"发生后，党支部发动领导临沂五中、临沂三乡师、郯城师范讲习所、郯城一小和三小的师生分别在临沂、郯城等地开展了学潮运动，激发了师生们爱国救国的热情。1931年9月9日，驻郯城的德国天主教神父殴打了学生张桓，引起全校师生的声讨，马头三小党支部知道情况后，立即印发了声援书，前往声援。最后，迫使国民党郯城县县长蒋曰庚指示法院判处打人者八年徒刑，极大地打击了当地外国教士的嚣张气焰。

1932年五一国际劳动节，马头三小党组织开展了宣传"红五月"的活动。马头一带出现了两个不同组织署名的宣传品，一个是中共苏鲁边徐海蚌特委鲁南特派员唐东华印制的《告劳动人民群众书》，另一个是以中共郯城县委名义印制的标语传单。双方深感惊异，几经周折，刘之言与唐东华接上了关系。

刘之言终于找到了党，找到了组织，表示接受特派员的领导。唐东华不但全部承认了刘之言发展的党组织，而且帮助刘之言在党支部的基础上正式建立了中共郯城县委，刘之言任书记，孙镇国、马叙卿任委员。这是郯城县的第一届县委，隶属中共苏鲁边徐海蚌特委。中共郯城县委成立之后，积极领导革命斗争，先后组织过多次武装暴动。1933 年 7 月，为减轻中央苏区面临的反"围剿"压力，刘之言等组织领导了震惊鲁南的"苍山暴动"。苍山暴动失败后，刘之言被俘，被敌人判了死刑。在刑场上，刘之言视死如归，高呼："共产党万岁！打倒国民党反动派！"刘之言英勇就义，时年仅二十七岁。

以中共鲁南第一支部和沂蒙第一个县级组织的建立为起点，沂水和郯城等地成为沂蒙地区较早接受马克思主义、建立党的基层组织的地区。中共鲁南第一支部的诞生、发展，既是一段英勇悲壮的革命斗争史，也是一段惊心动魄的艰苦创业史，为党群同心、军民情深的沂蒙精神的铸就打下了坚实的基础，值得我们永远铭记。

3. 中共沂水支部的诞生

在沂水县县政府西侧，有一条胡同叫"西巷子"，西巷子里有家小当铺，进步青年鞠百实的家就在这里。在当时的中国大地上，这样的街、这样的当铺是最寻常不过的，然而就是在这个不起眼的地方，发生了一件彪炳史册的大事。

1927 年 4 月的一天，沂水县城里的四个青年王敬斋、鞠百实、邵德孚、张希周，在这个小小的当铺里会合了。在高压时局下，进步青年的思想在这里碰撞、闪光。最终，临沂地区第一个党组织——中国共产党沂水支部在这里诞生了。

20世纪20年代，大革命方兴未艾，军阀统治还没有结束；在"五四运动"的助推下，马克思主义进步思潮开始与工人运动相结合，中国共产党在上海诞生……在这样的背景下，沂蒙山区的知识分子、有志青年纷纷走出家门，勇开革命先河，寻找革命真理。

王敬斋、鞠百实、邵德孚、张希周这四个青年不仅有远见，而且也具有非凡的勇气。四人中，王敬斋是发起者。王敬斋在沂水建立第一个党支部的时候，已经有了充分的革命实践与理论准备。早在1921年，他在淄博洪山煤矿当职员时，就开始着手发动工人运动了。1926年5月，王敬斋被中共山东党组织选送到广州第六届农民运动讲习所学习。作为中共沂水支部负责人，王敬斋按照中共山东党组织的安排，结业后回到家乡沂水从事党组织的创建工作。

王敬斋借助同乡、同学关系，联系了一批关心国家前途、积极追求进步的青年知识分子，向他们讲述了南方的革命形势，报告了国民党、共产党共同推动北伐并取得胜利的情况。此外，他还让这些骨干成员到学生、教员、农民中做宣传工作，帮助建立读书会、小学教员联合会和农民协会。

小学教员联合会向教育当局提出增薪要求，农民协会则提倡办喜事、丧事不请客送礼，只出一点儿喜资或丧费。他们宣传揭露北洋军阀的罪恶，对群众进行共产主义启蒙教育。在这些活动中，涌现出一批积极分子，王敬斋开始在他们当中发展党员。王敬斋在发展共产党员时工作方法非常扎实有效，不仅"听其言"，而且还要"观其行"。他先发展了鞠百实、邵德孚、张希周、朱寿年等进步青年，介绍他们加入了中国国民党（当时对外称为"民校分子"）。1926年底，他又介绍鞠百实、邵德孚正式加入了中国共产党。这就为沂蒙山区第一个党组织的建立奏响了序曲。随着党员队伍的发展壮大，中共山东区执委机关决定建立中国共产党沂水支部，直属中共山东区执委机关。

1927年4月，在沂水县城西巷子里，临沂首个党组织——中共沂水支部悄然成立，这标志着中国共产党在临沂播下了第一颗革命火种。此后，许多党的地方组织相继成立，星星之火从此点燃沂蒙大地。

1927年5月24日，听闻北伐军要攻打沂水，驻沂水的直鲁联军张宗昌部所属的"琅琊队"闻风逃走。中共沂水支部遂以国民党的名义，成立了国民党沂水县党部，欢迎北伐军。但种种原因，北伐军到葛沟一带就撤退了。6月，"琅琊队"卷土重来，党组织成员成为"琅琊队"追捕的目标。为了保存实力，党组织转入地下。

李清漪离开沂水后担任中共山东区执委机关技术书记。1927年5月，山东区执委机关遭破坏，李清漪英勇就义。7月，王敬斋被调往平原县，在白色恐怖的压力下，王敬斋为了谋生投靠了国民党。此时，沂水党组织则由张希周负责。自1927年下半年到1928年，张希周发展了一大批党员，并发展了沂蒙地区的第一位女共产党员皇甫冰华。

在随后的日子里，沂水党组织在艰难的形势下，几经周折，不断发展壮大，极大地推动了沂水、莒县一带革命运动的发展。1928年6月，山东省委特派员孙兆鹏到沂水工作。随后建立了中共沂水县特别支部，孙兆鹏任书记，领导沂水、莒县的五个党小组和二十多名党员。不久，成立了县农民协会和县学生、妇女、商民、工人、士兵等联合会。12月，孙兆鹏被调回济南，临行前在司马村主持召开了党员会议。此次会议决定成立中共沂水县委，由朱寿年任书记。沂水县委是中共在今临沂市区域内建立的第一个县委，辖城里、南乡、北乡三个区委及莒县特支。至1929年4月，党员发展到二百余人，农民协会有近五十处，会员达五万余人。

1938年，在日军侵略的铁蹄下，山东全境沦丧，中央决定将山东省委扩大为中共苏鲁豫皖边区省委。同年秋，中共苏鲁豫皖边区省委为了实现中共中央关于开创以沂蒙山区为中心的山东抗日根据地的战略计划，更好地开展工作，搬迁至沂水王庄。在这里，八路军山东纵队成立；也是在这里，《大众日报》正式创刊。因此，以王庄为代表的沂水西北乡成为山东抗日根据地的中心地区。

沂蒙地区首个党组织的成立，为这片土地注入了红色基因，并世代相传。

4. 革命叔侄刘晓浦、刘一梦

在山东省蒙阴县垛庄镇，曾经有一座声名显赫的大庄园，名为"燕翼堂"。作为"燕翼堂"的所有者，刘氏家族不仅以资产雄厚显赫于世，更以开明大义为人称道。其家族成员较早地接受了马克思主义先进理论，先后有二十六人参加革命，八人为此献出了年轻的生命。作为沂蒙地区最早的一批共产党员，刘氏家族的刘晓浦、刘一梦叔侄二人视富贵如浮云，以革命为己任，为实现理想而英勇就义的事迹一直为后人称颂。

刘晓浦，原名刘昱厚，又名刘小浦、刘太和等，在兄弟四人中年龄最小，故人称"四少爷"。成年后，娶沂南县高氏为妻。高氏出身书香门第，聪慧美丽，深明大义，琴棋书画样样精通，二人育有一子二女。但为了理想和信念，刘晓浦毅然舍弃了富足安逸的生活。投身革命之初，就有亲朋挚友规劝他珍惜眼前的生活，赶快改弦易辙。他斩钉截铁地答道："我视富贵如浮云！为了民族的复兴和社会的进步，我甘愿献出我的一切，包括我的生命。"刘晓浦这种摒弃富贵、舍小家顾大家、为国捐躯的壮举，体现了一个真正共产党人的理想和追求。

在本村小学毕业后，刘晓浦到济南读中学。中学毕业后，他考入了江苏省南通纺织专门学校，后因参加进步活动和宣传革命思想，被校方开除学籍。后又考入了上海大学，在邓中夏、瞿秋白、蔡和森等共产党人的教育和影响下，他接受了马克思主义，坚定了共产主义信念。之后，刘晓浦经常殷切劝导家人把家产分给穷人，自食其力，过普通人的日子。

刘晓浦

1923 年夏，在王尽美的介绍下，刘晓浦加入了中国共产党。此后，每到假期，刘晓浦就去济南协助王尽美进行革命宣传。从上海大学毕业后，他就一直在上海、南通、南京等地从事秘密的革命活动。1927 年任中共江苏省委组织部部长。1929 年 1 月，中共山东省委遭到严重破坏，刘晓浦受党中央委派，同刘谦初一起来到济南开展重建工作。1929 年 7 月，由于叛徒告密，山东省委机关遭到破坏，刘晓浦等人被捕。在狱中，他坚贞不屈，同敌人进行了顽强的斗争，展现出了一个共产党员的高风亮节和视死如归的大无畏精神。在被关押期间，面对变卖家产、携带巨款来济南设法营救他的二哥刘云浦，刘晓浦说："二哥，你别再花钱了。要出狱就得自首，这一条我是至死也做不到，我和他们（国民党反动派）是死对头！"1931 年 4 月 5 日，刘晓浦与其侄子刘一梦，以及邓恩铭、刘谦初等二十二人被韩复榘杀害于济南，史称"四五"惨案。

刘一梦，原名刘增溶，刘晓浦之侄，参加革命后化名为刘一梦、刘大觉，因在叔伯兄弟十四人中排行第五，人称"五少爷"。刘一梦毕业于山东省立第五中学，后考入了南京金陵大学文学系。1923 年转入上海大学社会系，期间受到其叔父刘晓浦和瞿秋白、邓中夏等共产党人的教诲和影响，接受了马克思主义理论。同年，由王尽美介绍，加入了中国共产党。此后，他经常利用假期回乡的机会宣传革命思想。与此同时，他还从事革命文学创作，出版了短篇小说集《失业之后》，塑造了众多被压迫者和革命者的形象，颂扬了工农群众的反抗斗争精神。鲁迅曾赞誉此书为"优秀之作"。

刘一梦

　　1928年秋，担任共青团山东省委书记的刘一梦，时常到饭馆当跑堂，到大街上拉洋车，以此为组织筹措活动经费。为进一步扩大影响和加强宣传，团省委以《济南日报》的副刊为掩护，秘密创办了《晓风》周刊。此事被叛徒王天生、王复元得知，他们暗中策划，妄图以此为契机抓到大鱼。他们派叛徒张玉弟以访友为名到《济南日报》印务处侦察，张玉弟在门口正巧看见《晓风》周刊的送稿人韩大华入内，等到韩大华离开时，他立即尾随韩大华至官驿街。第二天，韩大华被捕，敌人由此获知了青年团员李天钧的线索。李天钧是《晓风》周刊撰稿人的联络员，每个星期二的下午两点都会在约定地点与刘一梦接头。由于李天钧被捕后叛变，刘一梦被捕入狱。

　　敌人软硬兼施，许诺封官和酷刑折磨都不能使刘一梦动摇，无计可施的敌人只得将他囚禁在国民党山东省高等法院看守所。在押期间，刘一梦依然坚持斗争。1931年4月5日，他与其叔父刘晓浦等一起被杀，牺牲时年仅二十六岁。二人毅然放弃富贵、坚定投身革命、为理想牺牲也在所不惜的至诚情怀感人至深，革命叔侄不但是刘氏家族的骄傲，更是中国人的骄傲。

5. 兄弟共赴难的孙善师、孙善帅

1933年8月18日，九名共产党员被押往济南泺口刑场。面对敌人的屠刀，他们毫无惧色，齐声高唱《国际歌》，在"中国共产党万岁！"的口号声中英勇就义，他们被誉为"泺口九烈士"。其中有一对亲兄弟，他们就是孙善师和孙善帅。他们兄弟二人为了革命理想不惧生死，英勇地献出了自己宝贵的生命。

孙善师和孙善帅出生在山东省临沂市义堂桥西村的一户农

孙善师

民家庭。孙善师，又名孙镇国，自幼随父读书。他勤奋聪颖，学习成绩优良，喜爱体育运动，擅长素描写生，关心时事政治。十八岁时孙善师考入了临沂的山东省立第五中学。当时正值北伐战争开始，山东人民的革命情绪日趋高涨。党的先进理论已传播到了城市和农村的各个地方。在群众运动的影响下和地下党组织的教育下，孙善师的思想有了较大进步。1926年冬，经刘之言介绍，孙善师光荣地加入了中国共产党。1929年10月，中共鲁南第一支部成立，刘之言任书记，孙善师任组织委员。支部建立后，他们积极发展党员和建立基层党组织。为了传播党的科学理论和先进思想，他们还组织成立了读书会等群众性团体，编辑出版了《农民》等刊物，使共产主义思想得到了更为广泛的传播。

孙善师的弟弟孙善帅，又名孙镇东，在哥哥孙善师的影响下也发奋读书，1924年，孙善帅同样考入了山东省立第五中学。1927年中学毕业后，孙善帅投笔从戎，加入了军队。当时，军阀混战殃及临沂，孙善帅看透了军阀的种种黑暗和腐败，内心十分愤懑。1928年3月，他毅然离开了旧军队，去江苏赣榆县找到了共产党员董少白。董少白向孙善帅讲述了当时的革命形势，并劝其继续求学深造。1930年春夏之交，孙善帅接到哥哥孙善师的来信，哥哥让他到郯城县立第三小学复习功课，准备参加济南的山东省立高级中学的招生考试。当时郯城县立第三小学是郯城县中共地下党秘密活动的场所。孙善帅与哥哥孙善师、刘之言等住在一个宿舍，有机会阅读一些马克思列宁主义的相关书籍，思想进步很快。在这期间，经

孙善帅

刘之言介绍，孙善帅加入了中国共产党。

1931年秋，孙善帅考入了位于济南的山东省立高级中学。入校不久，即发生了"九一八事变"，济南掀起了轰轰烈烈的抗日救亡运动。在运动中，孙善帅表现积极，并经同班同学介绍参加了济南读书会。该读书会是共产党领导的革命学生团体，孙善帅在这里阅读了许多进步的书籍，了解了时局的变化，在与同学的探讨中开阔了视野，也进一步坚定了投身革命的决心。"九一八事变"后，孙善帅经常到济南火车站主动接触来自东北的流亡学生和士兵，与他们谈心，并向他们讲解中国当前的形势和前途。

在临沂的哥哥孙善师则积极组织学生罢课，组织群众游行示威，宣传抗日救国、反对内战的主张。

1932年，孙善帅任共青团山东省特委宣传部部长。这年暑假，北京师范大学国文系学生、共青团员陈淑俊来到济南，和孙善帅取得联系后，二人共同开展宣传工作，写标语，发传单，在商埠组织集会。这一年，经党组织筹划，共青团济南市委建立，孙善帅任宣传委员。

1932年6月，北方省委代表联席会议在上海召开。会上错误地提出了"创造北方苏区"，以最快速度争取中国革命在一省或数省首先取得胜利的指导方针。鉴于此，中共山东省委于1932年下半年至1933年上半年连续组织了山东各地的农村武装暴动。

这时候，革命群众运动的开展引起了临、郯两县国民党反动派的注意。他们伺机向共产党和进步群众下毒手。1932年6

月下旬的一天，郯城县警察队突然包围了马头三小，逮捕了该校校长、共产党员宋幼准和学生刘念喜。接着包围了马港口，当时孙善师等人正在同事马叙卿家中开会，闻讯后脱逃。1932年7月1日，孙善师在组织武装力量时被地主武装捕获，送往了涝沟区公所。

孙善师被捕入狱时，在济南的孙善帅正忙着推动党的组织建设。1932年下半年，孙善帅任共青团山东省特委宣传部部长。处在严重的白色恐怖之下的山东省委机关接连遭敌破坏，党的秘密机关很难设置。虽然外部环境非常严酷，但孙善帅凭借过人的胆识，把负责的工作做得十分出色。这一时期，他往返于济南与鲁南之间，不断地发展党的组织，扩大党的力量，与反动派进行各种形式的斗争。

1932年冬，共青团山东省特委书记陈衡舟到上海参加团中央召开的会议时，在旅馆中被捕，陈衡舟没能经受住敌人的威逼利诱，很快叛变。陈衡舟叛变后，带领国民党特务逮捕了山东省委的二十多名重要干部，团省委代理书记孙善帅就在被捕的人员之中，这使山东省的党组织遭受了重创。

孙善帅被捕后，受到了敌人的严刑拷打和威逼利诱，但是面对这些酷刑和利诱，孙善帅不为所动，始终坚守着自己的革命理想。

1933年8月18日，孙善师与孙善帅等九名共产党员在沴口刑场英勇就义。孙善师与孙善帅两兄弟是中国共产党的优秀代表，他们为了革命理想和人民的翻身解放而舍弃生命，充分展现了中国共产党人英勇无畏、坚贞不屈的优秀品质。正是因为有无数像孙善师与孙善帅一样的革命先驱，为了民族的复兴抛头颅、洒热血，才换来了我们今天的幸福生活。我们要永远铭记革命先驱的英勇事迹，使之成为我们坚定理想信念和投身社会主义现代化建设的精神动力。

（二）为理想信念而献身

革命理想高于天。理想信念是中国共产党人的政治灵魂。在沂蒙根据地建设和发展的过程中，中国共产党人历经挫折而不断奋起，历尽苦难而淬火成钢，许多优秀的共产党员为了革命的胜利不惜牺牲自己的生命。他们之所以能够经得住艰难困苦的考验，并为革命做出巨大的牺牲，就在于坚信中国共产党的理想和主张，坚信中国革命必然走向胜利。他们身上始终闪耀着理想信念的光芒。

1. 郭云舫为理想而献身

郭云舫，1909 年 3 月 23 日出生于山西省永济县文学乡西文化村，在长安民立中学读书时加入了中国共产党。1925 年，郭云舫的父亲郭富臣被地方军阀麻振武杀害，他亦被囚禁，后经学校师生多方奔走始得获释。1927 年秋，郭云舫随岳父全家到苍山县埠子村生活。郭云舫先后在上冶、文峰、西瞳、卞庄、尚岩等地的小学当教员。他刚正直爽，疾恶如仇，常常为老百姓打抱不平。费县马庄有个开药房的恶霸王玉春，平日里仗势欺人，深为群众痛恨。当时在上冶小学教书的郭云舫，决心为民除此一害。一天夜里，郭云舫佯装购药叫开王家大门，用土枪将王玉春击毙。后来，在帮助鄢城后村大地主赵鉴南筹建文峰小学期间，郭云舫结识了在马头三小任教的中共党员刘之言，通过经常会面和交谈，刘之言得以深入认识和了解郭云舫，郭云舫的党员身份也得到了认可。在与当地组织取得联系后，郭云舫与刘之言、孙善帅等人在郯城、苍山一带积极组织发动农民运动。

1932年5月，中共苏鲁边徐海蚌特委特派员唐东华到达鲁南，帮助建立了由刘之言任书记的中共郯城县委。6月，特委与县委即将发动暴动的消息被国民党政府获知。马头三小的校长兼县互济会负责人宋幼准、刘念喜、唐东华等人被捕，党组织遭受重大损失。几经转移，刘之言才脱离险境。9月，郭云舫帮助他移居西大埠，以卖酒为掩护，建立了新的联络点。不久，刘之言在西大埠召开了党的会议，决定将中共郯城县委改为中共临（沂）郯（城）县委，并增补郭云舫、赵叙五、田英为县委委员，刘之言任书记兼组织部部长，郭云舫任军事部部长，赵叙五任宣传部部长，田英任组织部副部长，刘谐和、马叙卿为委员。1932年冬，县委决定派郭云舫到尚岩小学任教，由杨贯五负责他与县委的联系。郭云舫到尚岩后，发展了宋道藩、宋觉民等一批党员，在尚岩建立了党支部，并担任支部书记。

1933年春，国民党山东省党部主任委员张苇村在其家乡柞城修建新县城。为修建此城，他强征劳力，摊派粮款，导致民怨沸腾。中共临郯县委抓住这一有利时机，于4月在尚岩小学召开了会议，根据中共苏鲁边徐海蚌特委"配合中央苏区反'围剿'"的指示，决定以国民党统治力量比较薄弱的苍山为中心，组织武装暴动。并确立苍山为主要军事区，由郭云舫、刘之言负责；临沂船流为政治宣传区，由刘谐和、马叙卿负责；郯城沂武河一带为"偏师"作战区，由张鲁峰、徐腾蛟、凌云志等人负责；费县、平邑山区为暴动后武装力量的游击区。

暴动武装宣布成立中国工农红军鲁南游击总队，郭云舫任司令，刘之言任政委，临郯县委的暴动计划得到了中共山东临时省委书记张恩堂的批准。6月下旬，县委在尚岩小学召开了扩大会议，研究部署了暴动的具体事宜，决定于7月10日举事。会议还详细研究了农民暴动"十大纲领"，获得枪支的办法、策略等。郭云舫还亲自到邳县孟家楼召开了南部各个党组织的骨干分子会议，对暴动队伍的行动路线、行动纪律等做了周密部署。7月2日，鲁南游击总队预感到暴动计划可能已被反动政府觉察，为争取主动权，决定由凌云志率领队员提前行动。

7月6日清晨，郭云舫、刘之言、刘文漪、杨贯五等率领暴动队员到达苍山，占领了当地大地主刘翔臣的宅院，并将司令部设在了那里，竖起了"中国工农红军鲁南游击总队"的红旗。当天到达苍山的暴动队员达二百五十余人，持有一百五十余支枪。当日上午，暴动队伍在大圩子村西头集合，召开了群众大会。郭云舫宣布成立中国工农红军鲁南游击总队和苏维埃政府，并由自己担任游击总队司令。他们惩办当地的恶霸劣绅、宣传党的主张、开仓放粮等壮举得到了广大群众的积极响应和拥护。7月9日，国民党第八十一师调集大批部队反扑。面对敌人的猛烈反扑，郭云舫沉着指挥，击退了敌人一次又一次的进攻。之后，敌人用大炮轰击大圩子村，打开缺口后冲进了村里。暴动队员与敌人展开了激烈的肉搏战，不少暴动队员壮烈牺牲。在危急情况下，为掩护同志们安全撤离，刘之言将敌人的注意力引向了自己，最终不幸被俘，郭云舫在突围中也不幸落入敌人之手。

为了从郭云舫口中得到中共鲁南党组织的信息，敌人对他进行了严刑拷打，但他坚贞不屈，始终守口如瓶。敌人以杀头相威胁，郭云舫毫不畏惧地说："共产党人视死如归！"敌人又以高官厚禄相引诱，郭云舫仍然毫不动摇。无计可施的敌人又妄图以亲情来打动郭云舫，说道："你不怕死，也不为自己的妻子儿女的将来考虑，未免太无情无义了吧！"郭云舫冷笑着反驳道："你们如果有情，为什么杀害了千千万万的爱国同胞和共产党人，使我们抛妻子，弃父母？你们如果有情，为什么坐视东北同胞被日本侵略者奸淫烧杀？为什么劳苦大众逃荒要饭，饿死沟壑，你们不但不赈济，还要横征暴敛？"被问得理屈词穷、恼羞成怒的敌人，于1933年7月12日在向城西门外将郭云舫杀害。

郭云舫组织领导的苍山暴动是20世纪30年代初期我党在沂蒙地区组织发动的四次农民武装暴动之一，表现了沂蒙人民不畏强权、大义凛然、视死如归的英雄气概。轰轰烈烈的苍山暴动虽然失败了，但它在鲁南地区播下了革命的火种，也为后来鲁南抗日革命根据地和人民政权的创建奠定了良好的基础。郭云舫为了实现革命理想而英勇献身的大无畏精神值得我们永远铭记。

2. 兄弟英烈李清漪、李清潍

在沂蒙地区，李清漪与李清潍兄弟俩的故事广为流传，被世人称赞。他们在沂水县西北乡播下了第一颗革命的种子，开创了沂蒙地区红色革命的先河。

兄弟俩出生于沂水县西北乡下胡同峪村的一个地主家庭。他们的父亲李祥林思想开明，素有革命思想，在清末加入了孙中山发起的同盟会。民国初年，他献房集资，开办了山村第一所学校，倡导新学。受父亲的影响，兄弟俩成年后也纷纷开始寻求救国救民之路。

李清漪，字泮溪，家中排行老三，是沂水地区马克思主义的最早传播者，也是沂水县党组织的创建人之一。九岁入下胡同峪小学，十四岁考入下小诸葛村育英高等小学。他天资聪颖，爱好广泛，在高等小学读书时，在书法、绘画、篆刻方面就有一定的造诣。1919年，"五四运动"爆发，十七岁的李清漪考入了山东省立第五中学。由于不满该校教学保守、管理不善，于

李清漪

1920 年转而考进以民主气氛较活跃而闻名的济南育英中学。在此，他接触了一大批进步青年和爱国人士。1923 年，他考入了上海大学文学系，翌年，转入了社会学系。进入上海大学不久，他就接触了中国共产党的早期革命活动家陈望道、瞿秋白、邓中夏、蔡和森等人，并开始系统地研读马克思主义相关著作，积极参加进步学生运动，在思想上有了很大的飞跃，接受了马克思主义思想。1924 年，经瞿秋白介绍秘密加入了中国共产党。

　　1926 年初，李清漪因病回到家乡疗养，他带给家乡的是人们闻所未闻的马克思主义思想。李清漪一边治病，一边工作。他和胞弟李清潍一起创办了《农民小报》，自己编辑，自己刻印，然后将其发放到农民手中，用来宣传革命，宣传党的政策和主张。用发生在农民身边的故事教育农民，提高了他们的阶级觉悟，更广泛地传播了新思想，使文化知识和革命思想在沂水西北部得到了初步普及。同时，在他们的操办下，一所平民夜校在下胡同峪村诞生了，并吸收了周围村庄的三十余名贫苦青少年。李清漪和李清潍亲任教师，他们自己编写教材，在传播文化知识的同时，向农村进步青年传播共产主义思想。在教大家认识"天"这个字时，李清漪说，"天"是"工"和"人"结合起来的，说明工人、农民迟早要主宰天下，并说"今后的世道一定要变，没地的给地，没房的给房……"在他们的教育启发下，当时，沂水西北乡发生了一件稀奇事。夜校开班后不久，西北乡附近山上的石头上竟刻满了汉字。原来是上夜校的农民在山上干活时，不忘复习文化知识，于是将所学内容都刻在了石头上。

1927年3月，李清漪的病情大有好转，但身体依然非常虚弱，中耳炎痊愈了，但留下了耳背的后遗症。1927年4月，清明节的前一天，李清漪动身去济南，计划由济南转赴上海继续参加革命。临行前，李清漪将自己未满周岁的女儿李守慧抱了又抱，亲了又亲。他叮嘱妻子，等女儿长大后不要给她裹足，要让她上学识字懂道理。没想到这竟然成为李清漪牺牲前留给家人的唯一遗言。4月6日，李清漪到达济南。不久，蒋介石便发动了"四一二"反革命政变，于是李清漪就留在了区执行委员会担任技术书记。白色恐怖波及全国，济南也不例外。5月20日，李清漪正在阅读整理文件，因为耳背，没能及时发现前来查户籍的军阀警察。警察闯入房间后，他急忙将手中的密件吞食，这引起了警察的注意，警察从房中搜出了一些进步书刊和党内文件，李清漪不幸被捕。被捕后的李清漪受尽敌人的酷刑折磨，两肋被烛火烧焦。1927年5月23日，李清漪被秘密押往刑场，枪杀于济南千佛山附近的南圩子门外，被害时年仅二十五岁。当时，与李清漪一起被杀害的共产党人中，还有山东早期工人运动领袖之一的鲁伯峻等人。他们面对敌人的威逼利诱，大义凛然，坚贞不屈，表现出了共产党人富贵不能淫、威武不能屈的大无畏精神，他们以自己的满腔热血和浩然正气谱写了一曲生命的慷慨壮歌。

李清漪遇害的消息传到了家乡，他的母亲悲痛欲绝，三个月后离开了人世，四弟李清潍则更加坚定了继承哥哥未竟事业的革命意志。沂水西北部的许多热血青年，尤其是受过他革命启蒙教育的青年万分悲痛，义愤填膺，纷纷寻找党组织，要求加入中国共产党。李清漪的革命事迹对沂水党组织的发展壮大起到了十分巨大的影响。星星之火，可以燎原。到1927年6月，山东的共产党员已发展到一千五百多名。

在当时的白色恐怖之下，李清漪的尸骨未能得以收敛，后来家人多方努力都没有结果，只在家乡筑了一座衣冠冢。2003年，跋山革命烈士陵园重新为他立碑建墓。

李清潍，字松舟，是李清漪的胞弟。七岁开始就学，少年时聪颖多才，喜爱书画，好学深思。十六岁时考入了青州省立第四师范学校，1923年在该校参加了进步师生组织的读书会，研读《社会主义讨论集》，开始接受共产主义思想。读书会在每个星期日组织演讲会，大家独树一帜，各抒己见。李清潍曾以《救国策》为题，力驳当时的

李清潍

"体育救国""教育救国"等论调，以为皆非善策，独一无二的上策就是实行社会主义。

1923年春，京汉铁路大罢工震撼全国，引起全国工、农、商、学等界的热烈响应。省立第四师范学校的进步师生也采取了行动，发动了向学校当局要求"改革学校黑暗制度，提倡学

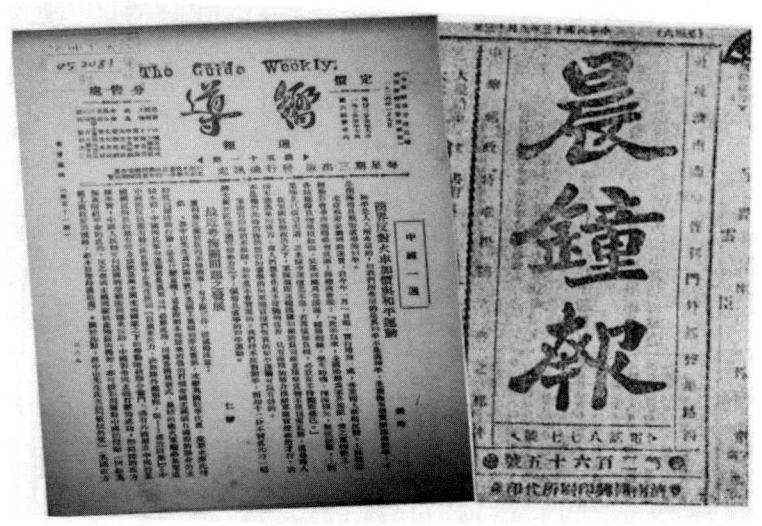

李清漪向家乡传播马克思主义思想的《向导》《晨钟报》刊物

术自由"的罢课学潮，结果失败了，李清潍与其他二十六名学生被开除学籍。这是他在人生道路上受到的第一个打击。

　　1923年11月，黄海之滨第一个社会主义青年团支部诞生，经邓恩铭、王尽美介绍，李清潍成为首批入团人，也是迄今为止有资料证明的沂蒙最早的三个入团者之一。与他同时在青岛入团的还有李萃之和张肃甫等。同年寒假，他因家庭经济困难中断学业，回到家乡从事教育工作。他在下小诸葛小学教书期间，将带回的《晨钟报》《向导》《中国青年》等进步报刊送给了教师，传播了共产主义思想。1926年冬，又与胞兄李清漪创办了《农民小报》。之后，他一面教书，一面从事革命活动。抗日战争爆发后，他奔赴延安，先后在三原县云阳青训班和延安抗日军政大学学习，1938年4月，李清潍毕业后被派回家乡从事革命工作。同年 11 月，加入了中国共产党。后到山东省战工会干训班学习，毕业后任省战工会民政工作队队员，到泰安发动群众开展武装斗争。1942 年起，他先后任沂北县、益都县民主政府司法科科长。1947 年他被调回部队工作，曾参加了著名的淮海战役，随军渡过长江。新中国成立后，他一直在南京工作。1955 年他到中央政法干校学习。1956 年毕业后，历任南京市法院公证处主任、雨花台烈士陵园管理处主任等职。1972 年 6 月 7 日，因脑出血病逝。

李氏兄弟在沂蒙地区对马克思主义思想的传播，点燃了人们寻求光明的希望和信心。抗日战争时期，西北乡的埠前村、胡同峪、葛庄等地涌出了一大批共产党员，这与李清漪、李清潍二人早期的努力是分不开的。李清漪与李清潍兄弟二人为沂蒙人民做出的努力和为革命做出的贡献，必将被世人永远铭记。

3."刘胡兰式"的女英雄吕宝兰

在中国革命史上，无数革命先烈为捍卫国家主权和民族尊严而英勇战斗，血洒疆场。在临沂市罗庄区湖西崖村（今临沂市高新区湖西崖村），就有这样一位巾帼英雄，她在刘胡兰牺牲四个半月后牺牲，但她的事迹却与刘胡兰的事迹一样光荣，一样伟大，她的牺牲与刘胡

吕宝兰画像

兰的牺牲一样英勇，一样悲壮，甚至更惨烈，她就是"刘胡兰式"的女英雄吕宝兰。

吕宝兰，1924 年出生于一个普通的贫苦农民家庭，同时也是一个名副其实的革命家庭。父亲吕其太加入了中国共产党，是老农会骨干；长兄吕宝秀 1940 年参加了八路军，1941 年加入了中国共产党，1946 年从部队转业，回村后担任民兵连长；弟弟吕宝荣 1946 年任村儿童团团长；妹妹吕宝桂 1946 年任村妇女团团长。他们为抗日战争和解放战争的胜利做出了重大牺牲和贡献。

吕宝兰于 1944 年加入了中国共产党，随即参加了抗日战争，在莒南县兴云区工作，担任妇救会主任、分区委员。她由于在各项工作中表现出色，积极能干，经常受到莒南县委的表扬和嘉奖。1945 年，临沂解放后，吕宝兰奉上级党组织的调令，回到了临沂县朱陈区工作，主要以湖西崖村为工作点，领导、发动和组织群众开展各项工作。吕宝兰的母亲负责做家务，吕宝兰的父亲、哥哥、弟弟、妹妹都全身心地参加了反奸诉苦运动。

1945 年年底，朱陈区在吕宝兰等人的领导下，对罪大恶极的汉奸头子和恶霸地主进行了斗争和镇压，极大地鼓舞了广大人民群众的斗志，调动了广大人民群众的积极性，提高了广大人民群众的觉悟。吕宝兰把各项工作都做得轰轰烈烈、有声有色，走在了全县的前头。吕宝兰领导的各项工作赢得了广大贫下中农的充分肯定，深受大家的好评，许多婶子大娘夸赞她是"好闺女"，贫下中农称吕宝兰是"贴心人"，特别是同辈的女青年说吕宝兰是自己的"亲姊妹"，区干部说她是"好干部"。她积极为党为人民工作的事迹受到了临沂县委领导的大力表扬，她成为全县干部学习的楷模。但是，朱陈区被镇压的恶霸和地主们却对吕宝兰恨之入骨。

1947年2月15日，以临沂保安司令王洪九为首的各路"还乡团"回到了临沂。王洪九的父亲王恩荣是罪行累累的恶霸地主，在1946年被处决。王洪九回到临沂后，为了给父亲报仇，以煽动群众闹事、扰乱社会秩序、破坏公物财产等为借口，疯狂逮捕共产党人和革命群众，进行阶级报复和反攻倒算，广大革命干部和群众血流成河，尸骨成山。王洪九还在城内为各区"还乡团""示范"了"杀人祭祖"。在这一"示范"下，许多共产党人和革命群众惨遭灭顶之灾，整个临沂县血流成河。

由于朱陈区的恶霸地主张瑞祥告密，吕宝兰一家六口被"还乡团"抓去了四口：吕宝兰、妹妹吕宝桂、父亲吕其太、弟弟吕宝荣。他们被逮捕后，作为重犯被关在了临沂城的监狱里。为挖出我党机密及领导人藏身之处，王洪九指使特务队对吕宝兰用尽各种手段。压杠子、灌辣椒水、火烧脚心、竹签钉手指等刑罚，都被施加在了这位年轻的女共产党员身上。吕宝兰一次又一次地昏死过去，但始终咬紧牙关不吐露一丝机密。

见吕宝兰不招供，王洪九又想出一个阴招，他用酷刑折磨吕宝兰的父亲、弟弟和妹妹，妄图逼吕宝兰开口。看着家人被折磨得死去活来，听着他们撕心裂肺的惨叫声，吕宝兰肝肠寸断。她强忍悲痛，对敌人破口大骂，还不断鼓励家人，让他们不要向敌人屈服。王洪九恼羞成怒，在被折磨得昏死过去的吕其太、吕宝荣父子二人身上绑上了大石头，把他们抛进了滚滚的沂河。

1947年5月27日，天上阴云密布，"还乡团"把包括吕宝兰在内的二十多名共产党员和革命群众拉出监狱，然后使用不同手段把他们残忍地杀害了。他们对付吕宝兰的手段更是令人发指，竟在光天化日之下扒光她的衣服，将她的双手反捆，双脚带上镣铐……两个彪悍的刽子手强押着吕宝兰在临沂城内游街示众。

刑场上，穷凶极恶的刽子手又卑鄙无耻、极其残忍地割去了吕宝兰的两个乳房……在刽子手行刑的那一刻，已成为血人的吕宝兰咬紧牙关，强忍着常人难以忍受的痛苦，猛地抬起头来，对着敌人的枪口昂首高呼："中国共产党万岁！"敌人不敢再让吕秀兰继续高呼下去，急忙用机枪对吕宝兰进行扫射……年仅二十三岁的吕宝兰就这样献出了自己年轻而又宝贵的生命！

吕宝兰牺牲后，尸体裸暴在刑场上。后来，吕秀兰的族人吕其昌、吕殿森等人知道后，怀着对共产党人的深厚情感，以及对王洪九等人的刻骨仇恨，冒着生命危险连夜跑到临沂城认领了吕宝兰的尸体，将其运回了湖西崖村，进行了简易的安葬。

吕宝兰把毕生的精力和青春年华都献给了无产阶级革命事业，用生命和热血谱写了一曲极其悲壮的赞歌。她面对危险挺身而出的英雄气概，我们要永远铭记；她面对敌人的严刑拷打视死如归的坚定信念，我们要永远铭记。

4. 血染沂蒙的"洋八路"

1941年11月30日，为粉碎日军"合围""清剿"的罪恶图谋，进行反"扫荡"的英勇抗争，沂蒙根据地抗战史上最悲壮的大青山突围战爆发。在这次气壮山河的战斗中，伟大的国际主义战士、中国人民的亲密战友汉斯·希伯，为保护战友突围，毅然拿起武器，投入与日本侵略者的战斗中。最终，汉斯·希伯不幸中弹牺牲，为中国人民的解放事业和世界反法西斯战争献出了自己宝贵的生命。

汉斯·希伯，德国共产党中央委员、美国太平洋学会《太平洋事务》月刊记者。1897年生于波兰的克拉科夫，后定居德国。他在德国上大学期间，曾在莱比锡和斯图加

大青山胜利突围纪念馆，汉斯·希伯雕像

特等地的报社工作，并积极参加了德国的工人运动。第一次世界大战期间，年轻的希伯先是在德国医药卫生部门工作，后来加入德国共产党，任《共产党党报》的新闻记者，以海因兹·莫勒为笔名，在德国、英国和美国的一些报刊上发表文章。但他因极力反对帝国主义战争，参加示威游行而被捕入狱，直至战后才被释放。他曾到过莫斯科，并见过列宁和斯大林。这些经历让他逐渐成长为一名国际共产主义战士。他喜欢研究中国的

历史和中国的革命问题，对中国人民有着深厚的感情。他是第一个拿起枪杆子保卫中华民族的欧洲人。

1925年，汉斯·希伯第一次来到中国。作为记者，他思想活跃，眼光敏锐，经常深入到下层民众中去了解中国的实际情况，积极向世界报道中国工人阶级的贫困状况，以及他们争取生存和解放的斗争。"五卅"惨案发生后，针对反动当局的谎言，汉斯·希伯挺身而出，秉笔直书，据实报道。汉斯·希伯揭露"五卅"惨案真相的外文报道发表后，在世界上起到了振聋发聩的作用，产生了深远的影响。1926年12月至1927年5月，汉斯·希伯又到了广州和武汉，成了中国革命队伍中的一员。蒋介石叛变革命后，汉斯·希伯愤然辞职回国，出版了《从广州到上海：1925年—1927年》一书。书中评述了中国大革命，产生了较大的反响，不仅让更多的外国人了解了中国的真实国情，而且吸引了无数关心中国的读者。

1932年，汉斯·希伯再次来到中国，在此后的五年中，他和妻子秋迪女士在上海展开了一系列活动。他以"亚细亚人"为笔名，在美国的《太平洋事务》《亚细亚杂志》和德国的《世界舞台》等多家报刊上，发表了大量关于中国和远东问题的文章，成为世界著名的反法西斯政论家。从1938年春开始，为了深入报道中国共产党领导人民群众英勇抗击日本侵略者的真实情况，他到中国共产党领导的敌后战场进行采访，曾在延安受到毛泽东同志的亲切接见。

1941年9月12日，汉斯·希伯在沿途的八路军、新四军和老百姓的掩护下，顺利到达了沂蒙山区，对山东敌后艰苦抗日的真实情况进行了采访报道。当时山东抗日根据地的机关报《大众日报》为汉斯·希伯的到来刊登消息，说："在抗战中，外国记者到鲁南，还是以希伯先生为第一。"当时，山东抗日根据地在日伪军的夹击下，局势动荡不安，战斗十分艰苦。一个国际友人不顾自己的生命安全冒险来到这里，极大地鼓舞了抗日军民的士气，使中国人民进一步认识到中国的抗战不是孤立无援的。

汉斯·希伯到达山东后，立刻开始了繁忙的采访工作。汉斯·希伯会讲中国话，也能听懂中国话，但在采访时，他的态度极为认真，为了弄清某些问题，常常依靠翻译人员再三核证。为了方便汉斯·希伯采访，罗荣桓把自己的一匹枣红马送给了汉斯·希伯，但他坚辞不受。他脱下皮鞋，改穿妇救会会员做的"蒙山鞋"，换上八路军的灰棉布军服，佩带短枪，同大家一起爬山越岭，徒步行进。他与普通战士打成一片，凡是接触过他的人，都愿意与他接近，亲切地称他为"洋八路"。他不仅采访八路军领导、战士和当地群众，还采访被俘日军，并且参加夜袭战斗，实地观察战士们战斗。他白天采访，晚上写作，不知疲倦。住在他附近的人，夜深人静时常常听到打字机嗒嗒嗒的声音，有时一直到天明鸡啼时才停止。他写了《在日寇占领区的旅行》等长篇通讯报道。作为踏上山东敌后抗日根据地的第一位西方记者，汉斯·希伯以其卓越的政治敏锐感和生动的文笔，客观地描述了八路军的抗日活动。他的一系列文章在外国报刊上发表后，引起了外国读者对中国敌后抗日军民的极大关注。

1941 年 11 月 4 日，日军集中五万多兵力，对山东沂蒙山区抗日根据地中心地区进行了疯狂的大"扫荡"，妄图将山东抗日首脑机关及主力作战部队一网打尽。这天夜里，敌人在每个山头都燃起了熊熊大火，将黑夜照得如同白昼，以防止我军突围。在罗荣桓等同志的指挥下，八路军依靠熟悉地形、军纪严明、出其不意，未费一枪一弹，未损一兵一卒，突破了敌人的三道封锁线，从敌人眼皮子底下安全突围。甩掉敌人后，汉斯·希伯高兴得像孩子似的跳跃，兴奋地说："这一夜，是我一生中最难忘的……我一定把这个奇妙的经历写出来，告诉全世界的人民！"当天，希伯不顾一夜的疲劳，立即写了一篇通讯报道《无声的战斗》，记述了这个惊心动魄的最难忘的夜晚。《无声的战斗》被翻译成中文后，在第一一五师政治部《战士报》的头版被套红发表。

1941 年 11 月 30 日清晨，汉斯·希伯所在的部队在沂蒙山区的大青山被敌人包围。当时，敌我力量悬殊。敌人的炮火十分猛烈，往往一连十发，敌人成排成排地对被围的军民进行炮击。为了掩护机关转移，战士们同敌人展开了殊死搏斗，汉斯·希伯也拿起武器，英勇地投入了战斗。在突围中，汉斯·希伯的翻译和警卫人员全部牺牲。看着倒在身边的战友，汉斯·希伯眼里冒着怒火，拼命地向敌人射击，最后不幸牺牲在大青山的五道沟，年仅四十四岁。战斗结束后，在清理战场时，人们发现汉斯·希伯身上弹痕累累。山东军民以隆重的葬礼将汉斯·希伯的遗体安葬在了他牺牲的地方。

为更好地纪念这位国际友人，1942 年山东军民为汉斯·希

新四军代军长陈毅（右）、政委刘少奇（左）与汉斯·希伯（中）合影留念

伯建立了一座白色圆锥形的纪念碑。碑上刻着罗荣桓等人的题词："为国际主义奔走欧亚，为抗击日寇血染沂蒙。"

5."活着的白求恩"罗生特

抗日战争时期，有许多的国际战士为了取得世界反法西斯战争的胜利来到中国。在沂蒙抗日根据地也有一位奋战在抗日前线的国际医生，他就是被陈毅元帅称为"活着的白求恩"的罗生特。

罗生特，1903年生于奥地利，原名雅各布·罗森弗尔德。二十岁时，罗生特考入了维也纳大学，从事医学方面的学习。四年后，罗生特以优异的成绩完成学业，并进入了奥地利国家医院。刚踏入社会的罗生特思想活跃，经常参加奥地利的革命活动，也因此多次被逮捕。1939年，罗生特因为参加革命活动被德国法西斯驱逐出奥地利。但这并没有消磨罗生特反法西斯的斗志，他凭借自己的革命热情和精湛的医术来到中国，为打败法西斯贡献着自己的力量。

罗生特得知根据地的军民生活得异常艰苦，特别是缺医少药，伤病员难以得到治疗，多次提出前往根据地参加救护工作的请求。1941年初，"皖南事变"爆发后，他终于被批准上前线治病救人。罗生特装扮成传教士，在交通员的护送下，与陈毅、刘少奇等人在盐城相聚，他也成了第一个在苏北参加新四军的国际友人。陈毅和罗生特一见如故，当陈毅了解了罗生特的经历和医疗水平后，便委托他做好军队内部的医疗工作。后来罗生特被任命为军区卫生部的顾问。因为军队里十分缺乏医务人员，罗生特只能长时间加班工作，无论什么时间，只要有病人，他就立刻诊治。

罗生特不仅医术高超，而且对待工作也一丝不苟，他把所有的精力都放在救治病人上。每次对敌作战后，都会有大批的伤员被送到罗生特这里救治。看到伤员们的情况，罗生特不敢有丝毫懈怠，他顾不上休息，总是第一时间把伤员的伤势稳住，然后再逐一治疗，一天治疗几十个伤员是常有的事。部队的干部看到罗生特废寝忘食地工作，担心他的身体受不了，便给他规定了治疗的时间和数量，但是罗生特还是常常超时、超额地工作。罗生特全身心地投入根据地的医疗工作中，他工作热情，又十分和蔼，人们都非常信任和爱戴这位"大鼻子"医生，根据地的军民生了病或受了伤，都愿意找他治疗。

罗生特之所以受欢迎，不仅是因为他为人和蔼和工作专注，更是因为他医术高超，经常解决一些困扰根据地人民很久的疑难病症。参加过甲子山战斗的曾炳华就有着亲身经历。在甲子山战斗中，曾炳华的左腿被敌人的子弹打中，经过多方治疗都没有效果，眼看伤势越来越重，军区领导建议将他转到山东省军区救治。到了山东省军区，罗生特仔细检查了曾炳华的伤口，因为受伤已有十六个多月，治疗起来十分困难，罗生特提出了新的手术治疗方案，罗生特对其做了两次大的手术后，曾炳华的左腿竟奇迹般地恢复了。还有一次，罗生特路过莒南县坊前乡时看到一名昏厥休克的妇女，家人误认为其已死亡，正准备后事。他看到这名妇女脉搏还在跳动，立刻上前施救，经过他的一番抢救，这名妇女逐渐恢复了意识，后来这名妇女活到了八十多岁。

罗生特不仅医术精湛，而且他的医学理论水平也十分高超。为了解决根据地缺少医生的问题，罗生特对根据地的医务人员进行了专门的医疗培训。他想方设法地把深奥的医疗技术用通俗易懂的方式表达出来，授课时卫生部部长黄农给他当翻译，学员们在他的引导下，很快成长起来。为了解决根据地医院缺乏的状况，他还为根据地设计、建造了当时在所有根据地中规模最大的战时医院，这个战时医院就建在莒南县的陈家老窝村。医院的建设为根据地伤员的救护发挥了重要的作用。

1943年初，经陈毅介绍，经上级党组织同意，罗生特成了中国共产党特别党员，这在我党历史上是罕见的。从1941年到1949年，他转战华中、山东、东北，担任三大战略区的医学顾问，后来担任东北野战军第一纵队卫生部部长。新中国成立后，罗生特希望返回自己的祖国寻找亲人。1949年11月，罗生特返回了奥地利。回国后的罗生特将自己在中国的经历写成了书，他想把中国人民抗击法西斯的英勇故事传播给奥地利人民，但是特殊原因，这本书没能出版。1952年，罗生特在探亲的途中病逝于特拉维夫。

罗生特用自己的行动展现了共产主义战士的高尚人格，他把中国人民的解放事业当作自己的事业，体现了国际主义精神和共产主义精神。他毫不利己、专门利人的高尚品质和光辉业绩已被载入史册，他将永远为后人所缅怀！

二

拥政爱民

历史充分证明，江山就是人民，人民就是江山，人心向背关系党的生死存亡。中国共产党的百年发展史就是一部全心全意为人民的历史。中国共产党之所以能走过风云激荡的百年岁月，不断开创和推进伟大事业，是因为赢得了人民的信任，得到了人民的拥护和支持。在这片红色的土地上，党始终把人民的利益放在第一位，时刻为人民谋解放、谋利益，不仅从政治上和军事上领导人民谋解放，更在文化领域引导人民实现思想上的解放。正是因为沂蒙地区的党员干部和广大战士坚持一切为了人民，一切依靠人民，才得到了沂蒙人民的信任，沂蒙人民也在党的宣传和感召之下，坚定了跟党走的信念。

（一）将帅风采

沂蒙是著名的革命老区之一，许多无产阶级革命家都曾在此战斗和生活过。他们在沂蒙地区战斗和生活的过程中，始终站在人民群众的立场上，始终将为人民谋幸福、谋解放作为自身的职责和使命，始终践行全心全意为人民服务的宗旨。他们从人民的利益出发，带领人民抗击侵略，战胜强敌，为人民的解放事业做出了贡献，展现了共产党人的优良作风和高尚品质。

1. 罗荣桓与一盘炒鸡

提到沂蒙地区的抗日战争，就不得不提罗荣桓元帅。他领兵进驻山东，带病驰骋在八百里沂蒙，为抗日战争的胜利立下了赫赫战功。而发生在罗荣桓身上的一些小故事，则生动地体现了他作为一名共产党员的坚强党性和崇高品格。其中，"罗荣桓与一盘炒鸡"的故事就是一个范例。

这个故事发生在罗荣桓与开明士绅万春圃之间。1939 年 9 月，罗荣桓政委、陈光代师长率领八路军第一一五师抵达了抱犊崮山区，师司令部就驻扎在苍山县大炉村的万春圃家中。万春圃是抱犊崮一带行侠仗义的开明士绅，拥有二百多亩良田和五百多亩山场。万春圃自幼爱骑射，善结交，有强烈的爱国心。抱犊崮山区是土匪经常出没的地方，为保护村民安全，万春圃组织民团自卫武装，带领民团抵御土匪。他在当地颇有影响，人称"万三爷"。他对共产党八路军早有耳闻，对蒋介石实行的不抵抗政策深为不满。当时他是八路军争取的对象。

罗荣桓刚刚住进万家时，万家的人都小心翼翼，生怕惊扰了这位"大官儿"，大家都小声地说话，轻轻地走路。但是，住的时间长了，万春圃看到罗荣桓和普通战士一样，穿的是打了许多补丁的衣服，盖的是打了许多补丁的被子，吃的是高粱煎饼和咸菜。在空闲时间罗荣桓会教勤务兵识字、写字，帮马夫给战马换药，还给勤务员挑脚上的泡。这些生活的点滴让他们觉得这个八路军的"大官儿"平易近人，没有一点儿架子，与国民党的军官完全不一样，不由得内心多了些好感。而随后发生的一件小事让万家全然打消了对共产党的疑虑。

在沂蒙革命根据地期间，罗荣桓在生活上从不搞特殊化，与战士、百姓一样吃地瓜面和高粱面烙的煎饼，有时候粮食供应不足，就用豆饼和地瓜叶充饥。一一五师的首长如此清苦，万春圃觉得很过意不去，便让夫人做点儿好吃的送过去。他在山上放养了几百只鸡，他的夫人知道罗荣桓爱吃辣椒，就杀了一只鸡，炒成辣子鸡丁，让勤务员王立志给罗荣桓端过去。小王不敢收，万夫人便说："这是万三爷的一点儿心意，你尽管送去。罗政委说你，我兜着。"小王只好送去。罗荣桓一开始以为是伙房改善生活，动了两筷子后感到事情不对，便问小王："鸡是从哪里来的？"小王只好说："是万会长在山上养的鸡，他夫人做好的。"罗荣桓立即对妻子说："月琴，赶快拿钱让小王送去。"小王拿着钱转身刚要走，罗荣桓又叫住他说："请告诉万会长八路军的三大纪律八项注意，我们不能拿老百姓的一针一线，请他们不要误会。"万春圃知道后非常感动，他感慨地说："我活了六十多岁，还从未见过这样的军队，这样的官长，真是仁义之师。有了八路军，我们的国家就有希望了。"由此，他也更加坚定了抗日救国的信心和跟党走的决心。

万春圃手上有一支全副武装的队伍，有四百多人，几万发子弹，并有迫击炮和机枪等装备，武器非常精良。在罗荣桓的感召和影响下，万春圃决定把苦心经营多年建立起来的地方武装交给共产党，从此八路军的序列里多了一个临、郯、费、峄四县边区游击支队，万春圃任支队长。这支游击队配合一一五师，灵活机动地打击敌人，立功无数。从此，这个开明士绅正式走上了革命的道路。后来，万春圃光荣地加入了中国共产党。

毛泽东曾经这样评价罗荣桓在山东的工作："山东只换上一个罗荣桓，山东全局的棋就下活了。山东的棋活了，全国的棋也就活了。"罗荣桓在山东的工作对整个山东，乃至全国的革命胜利都起到了至关重要的作用，他的高贵品德、崇高精神和朴实作风赢得了人民的信任和支持。不论斗争形势多么严峻，不管战斗牺牲多么惨重，山东人民相信党、拥护党、跟党走的信念始终不渝。

2. 从奴隶到将军

1979 年，由上海电影制片厂拍摄的故事影片《从奴隶到将军》在全国上映，影片的主人公萧罗的英勇事迹给人们留下了深刻的印象。主人公萧罗的原型就是神奇将军罗炳辉！罗炳辉将军是我国抗战史上杰出的革命将领，而且还是战场上极具传奇色彩的常胜将军，一生从未打过败仗。

罗炳辉（1897—1946），云南省彝良县人。罗炳辉出生在云南彝良的一个贫苦家庭，面对地主的剥削压榨，性格倔强的罗炳辉从小就具有反抗精神。十二岁那年，地主诬陷罗家，罗炳辉孤身一人到县城告状。虽然因地主花钱贿赂官府，官司被判成了平案，但这件事却让小小年纪的罗炳辉成了十里八乡都知晓的人物，乡亲们称他为"吃了雷公胆的娃娃"。1915年，罗炳辉到滇军唐继尧部当兵，因作战勇敢成为唐继尧的亲信。1921年，罗炳辉因看不惯唐继尧的作为，果断放弃了安稳富贵的生活，重新投入救国救民的革命斗争中。尤其是在北伐战争中，他在战场上表现优异，屡立战功。罗炳辉于1929年7月加入了中国共产党，并先后担任了江西工农红军独立团团长、红第六军旅长和纵队司令员、红十二军军长、军区总指挥和红九军团团长等重要职务。在土地革命时期，罗炳辉充分展示了他的军事才能。在长征途中，罗炳辉也展现出了高超的领导能力，屡次承担重要任务，率部掩护中央主力部队成功北上，毛泽东还因此赠予他"牵牛鼻子小能手"的称号。一次，罗炳辉带领红九军团负责主力部队掩护任务，突破敌人的四道防线，虽付出了惨重的代价，但成功突破重围。罗炳辉军队所到之处，皆令敌军大为震撼，中央军委赞扬其为"红军轻骑"。抗日战争期间，罗炳辉曾在八路军武汉办事处从事统一战线工作，率部开辟皖东抗日根据地，积极开展抗日游击战争，为抗日战争的胜利做出了重要贡献。日本投降后，罗炳辉任安徽省省长。1945年9月，华中野战军第二纵队组建后，罗炳辉仕司令员，在解放战争的战场上继续谱写他的战场传奇。

罗炳辉枪法精准，百米之外打鸡蛋，五十米外打飞鸟，弹无虚发。这可不是徒有虚名。长征途中，他率领的红军要经过彝族区。在得知彝族首领自以为枪法了得时，他心生一计，想要杀一杀彝族首领的傲慢之气，便提出要和首领进行比试。彝族首领见有人要挑战自己，立马爽快应下，派手下在百米开外点燃三炷香来进行比试。罗炳辉当即拔枪，三声枪响过后，香灭了。放下枪后，头顶正巧飞来一只山鹰，罗炳辉听到声响，顺手一挥，山鹰应声而落。彝族首领一看，震撼不已，对罗炳辉的枪法佩服得五体投地，于是一改之前的傲慢态度，要和罗炳辉喝酒结拜。经过这次比拼，彝族兄弟和红军战士间紧张的气氛瞬间消失，大家纷纷称赞罗炳辉的枪法高超。抗日战争期间，有一次在淮南根据地日军来犯，罗炳辉在伏击点抬手打了一枪，子弹穿透前两个敌人的喉咙后，又掀掉了第三个敌人的天灵盖，最后钻进了第四个敌人的胳膊，直接三死一伤。这个"一枪打死三个半"的传奇故事在根据地被人们广为传颂。由此罗炳辉威名远扬，令日伪军们闻风丧胆。

1946 年 6 月，身患重病的罗炳辉率部对盘踞在枣庄的敌军发动了猛烈的进攻。在整个战斗过程中，罗炳辉一刻也不敢停歇，及时做出战斗部署。他指挥山东省军区的老部队完成了对

罗炳辉与夫人张秀明、长女罗镇涛、次子罗新安、
幼女罗鲁安的合影

47

枣庄地区伪军和国民党军队的全线反击，歼敌近三千人。6月16日，枣庄解放，扭转了我军在鲁南地区的战局。当天，罗炳辉来到了枣庄，召集当地政党负责人开会，商量枣庄的战后重建和防范国民党反攻的问题。会一开完，罗炳辉头痛欲裂，医生紧急抢救。6月20日，待罗炳辉病情稍微稳定后，陈毅护送罗炳辉回临沂后方医院治疗。6月21日凌晨，在回后方医院的路上，罗炳辉不幸去世，一代名将结束了自己短暂而光辉的一生，享年四十九岁。

罗炳辉戎马一生，从封建社会备受欺压的奴隶做到了抗战史上万古垂青的传奇将军。为了国家舍弃了小家，为了革命的胜利献出了自己的生命，他将自己的一生都奉献给了国家。1989年，罗炳辉被中央军委确定为全国36位军事家之一。2009年，罗炳辉被评为"100位为新中国成立做出突出贡献的英雄模范人物"之一。

3. 陈士榘花鼓桥打水

陈士榘将军，1909年出生于湖北省荆门，1927年参加了秋收起义，并随毛主席开辟了井冈山革命根据地。解放战争时期，陈士榘来到了沂蒙地区，在这里留下了许多传奇故事，陈士榘将军伏击敌军、以少胜多的故事被人们广为传颂。但在沂蒙人民心中，陈士榘不仅是能征善战的将军，更是爱民如子的好公仆。

共产党的部队来到沂蒙地区后，使沂蒙人民翻了身，实现了自身的解放。沂蒙人民已把共产党的队伍当作自己的亲人，一有队伍进驻到沂蒙地区，老百姓就盼着战士们能够到自己的家中落脚。陈士榘在沂蒙指挥战斗期间，就住在了青驼寺刘大娘家中。刘大娘是个热心人，经常为部队洗军衣、做军鞋、烙煎饼，对住在家中的陈士榘更是十分关心。有一天，陈士榘看到刘大娘走起路来一颠一颠的，好像有什么东西硌到了她裹着的小脚。经过询问才知道，刘大娘没有洗脚和剪脚指甲的习惯，因为脚指甲长时间得不到修剪而影响了走路。陈士榘不忍心看到刘大娘走路这样难受，于是便要帮着刘大娘剪脚指甲。刘大娘一开始有些羞涩，坚持说不用，于是陈士榘就把洗脚的好处和剪脚指甲的益处都给刘大娘进行了仔细的讲解，刘大娘这才答应了下来。但刘大娘也提出了一个要求，必须要用离家不远的花鼓桥北边的水来洗脚。陈士榘觉得很奇怪，花鼓桥北边的水与其他地方的水还有什么区别吗？刘大娘悄悄地对陈士渠说："那里的水有仙气。"于是刘大娘开始说起了花鼓桥仙水的传说。原来当地传说葛仙翁曾在此地借宿，当时正值盛夏，夜晚河里的青蛙叫声响亮，吵得仙翁无法入睡，于是他写了一张"符"字扔到花鼓桥下，仙翁借宿的一侧立刻就听不到青蛙的叫声了。人们觉得这方水有了灵气，都来花鼓桥下打水。陈士榘听后觉得这个传说很有意思，虽然他不相信这个传说，但是为了让刘大娘洗脚，他还是决定亲自到花鼓桥下打水。不一会儿，陈士榘便来到了花鼓桥边。这是一座很小的石板桥，桥面是刻有精美花纹的石板，桥的两头各有一块石头作为支撑，这两块石头的形状像鼓一样，因而得名"花鼓桥"。陈士榘过来打水时，刚好有百姓在这里打水，他们告诉陈士榘，夏天的时候花鼓桥南面的水里，青蛙的叫声此起彼伏，而桥北面却从来没有青蛙的叫声，这是"仙水"发挥了作用。陈士榘想，既然当地人有这种风俗，那就按照他们的风俗来。于是陈士榘就赶紧到桥的北面打了水，端回了刘大娘家中。

陈士榘将从花鼓桥北边打来的水掺上热水，并试好水温后，将洗脚盆端到了刘大娘面前，并要帮刘大娘脱鞋洗脚。刘大娘从小裹脚，行动不便，陈士榘本想帮她脱鞋，但刘大娘不好意思麻烦他，便自己慢慢脱起来，刘大娘慢慢解开缠在脚上的布条。她那双脚已经扭曲变形，指甲也已经很长很厚，有些已经长进了肉中。陈士榘让刘大娘在水中多泡一会儿，以便于修剪。刘大娘泡了一会儿，陈士榘感觉水有些凉了，于是他又拎来热水瓶，帮刘大娘加上了热水，让她继续泡脚。然后，他又帮刘大娘把裹脚布和袜子搓洗干净，晾到了院子里。

刘大娘的脚泡好后，陈士榘拿过剪刀，仔细地帮大娘修剪起了脚指甲。刘大娘有些过意不去，陈士榘说："您和我的母亲年纪差不多，您就把我当作是您的儿子。你们为部队烙煎饼、做军鞋，付出那么多，我来给您洗洗脚，您不要跟我客气。"刘大娘听了陈士榘的话，想起了自己那牺牲在战场上的儿子。大娘擦擦眼睛，说道："我那小儿子要是还活着，也像你这么大了。"陈士榘知道刘大娘的儿子在抗日战场上牺牲了，所以刘大娘才这么孤苦。陈士榘说："我就是您的儿子，让儿子给您修剪脚指甲。"刘大娘听后一边擦去眼角的泪水，一边低声说："好，好……"

后来随着战势的发展，陈士榘也开始奔赴其他地方，但不管多忙，每次回来他都要到这里来看望刘大娘。正是因为有无数像陈士榘这样联系群众、依靠群众、服务群众的好党员、好干部，我们党才与群众形成了水乳交融、生死与共的密切关系。这是我们党的优良传统和制胜法宝，我们要将这些优良的作风传承好，弘扬好。

4. 符竹庭用兵如神

符竹庭，原名符宗仔，1912 年出生于江西省广昌县头陂镇曹家边村的一个贫苦的农民家庭。1927 年 8 月，南昌起义的队伍南下广东，途经广昌时，符竹庭毅然投身革命。他打仗时果敢顽强，进步很快，不久就加入了中国共产主义青年团，后转为中共党员。1929 年，年仅十七岁的符竹庭就升任团政治委员，后任师政治部主任、军区政治部副主任等职。他率领部队打过许多硬仗、胜仗，果敢

符竹庭

刚毅，智勇双全，用兵如神，身经百战，立下了赫赫战功。刘少奇称赞他"是一个很有能力的优秀干部"。

1938 年，符竹庭任八路军第一一五师东进抗日挺进纵队政治部主任，与担任司令员的萧华一起带领部队挺近敌后，创建了冀鲁边区抗日根据地，建立了津南、鲁北两个专员公署，

以及十五个县的民主政权，根据地的武装力量也发展到了两万余人。当时，民团孙仲文部盘踞在盐山区，经常骚扰百姓，破坏抗战，老百姓被扰得不得安宁。为消灭孙仲文部，符竹庭亲任总指挥，经过细致侦察，制定了全歼敌人的周密作战方案。战斗开始后，符竹庭亲率第五支队插入酥集一带，进攻孙仲文的大本营。经过一昼夜的激战，生俘了孙仲文，民团被全歼，还缴获了一大批军械弹药及装备，巩固和发展了冀鲁边区抗日根据地。

1939年底，符竹庭任鲁西军区政治部主任兼第一一五师独立旅政治部主任、教导二旅政治委员。1941年春，符竹庭率领教导二旅由鲁东南进入滨海地区。1941年3月，符竹庭与旅长曾国华指挥发起了青口战役，歼灭、俘获日伪军一千六百余人，拔除日伪海头、兴庄、朱都集等十几处据点，解放了沿海从赣榆到柘汪的大片地区。同时组织根据地军民开展生产运动，为解决根据地的经济困难发挥了重要作用。

1943年1月，为配合苏鲁边区反"扫荡"，符竹庭与旅长曾国华计划利用敌人"高枕无忧"的心理，袭击敌伪重兵把守的据点郯城。按照分工，符竹庭率主力攻城，曾国华负责打援。18日夜，攻城战斗正式打响。19日深夜，攻下了敌人的第一道城门。第二道城门敌人防守极严，经过两天两夜的战斗仍未攻克，而周边的敌人已闻讯赶来增援，形势变得非常严峻。为此，符竹庭亲自召开了战地紧急会议，决定改变主攻方向，选择在东门和南门的大炮楼之间进行重点突破。我军随之迅速调整兵力，各团集中火力猛攻东、南二门，很快就攻下了敌人的第二道城门。攻城战斗结束，共歼灭日伪军一千余名，生擒了日军指挥官多田幸雄，还缴获了大批布匹、粮食、军械器材。郯城也由此成为我军以攻坚战的方式攻克敌占区的第一座城池。郯城大捷后，符竹庭又率部接连攻克了周围的十八处日伪军据点，彻底粉碎了日伪军对滨海区的"扫荡"。

1943年3月，符竹庭任滨海军区政委兼中共滨海区党委书记，陈士榘任军区司令员。在这里，符竹庭用兵如神，不仅以强攻出名，而且智取有方。1943年11月，符竹庭与陈士榘共同制定了"主攻部队外攻，地下工作内应，共同解决赣榆城"三套进攻方案。19日深夜，符竹庭亲自率领突击队和六千名战士埋伏在赣榆城外。等城内地下工作者里应外合打开城门后，他带领突击队快速冲进城内。初战告捷，我军很快攻占了伪警察局及伪军第三营营部，俘虏伪军三百余人。但是，赣榆城中敌人的指挥系统尚未被打掉，敌人还在负隅顽抗。面对此种情况，符竹庭命令战士使用罗荣桓特批的三发九二步兵炮弹。第一发炮弹发射后，符竹庭开始向敌人喊话，限他们在三分钟内缴械投降。三分钟过去了，敌人没有回应。他又下令发射了第二发炮弹。稍后，敌军的一名副官举着白旗出城假意投降。由于未见到敌军旅长投降，符竹庭果断下令打出了第三发炮弹，同时指挥部队集中火力攻城。在我军强大的火力打压下，敌伪第七十一旅旅长李亚藩终于不再顽抗，率部两千余人缴械投降。20日下午，赣榆城宣告解放。攻克了赣榆城，粉碎了日军企图打通海（州）青（岛）公路、"蚕食"滨海抗日根据地的阴谋。赣榆战役，内外线作战，智取和强攻相结合，是我军以极小代价换取极大胜利的一个典型范例，延安《解放日报》还在显要位置对这一辉煌战绩进行了报道。

攻克赣榆城，给予了日伪军沉重的打击。日军为恢复占领区，掩饰其失败，对赣榆地区进行了疯狂的报复性"扫荡"。1943年11月22日，在驻新浦、青口的六百余名日伪军赶到后，我军主动撤离了赣榆城。日军紧随其后，跟踪追击。11月26日清晨，雾气浓重，日军突然偷袭滨海军区的机关驻地——赣榆县黑林乡马家旦头村，符竹庭带着警卫员到大树村检查俘虏处理情况时遭遇了敌军。面对敌人，符竹庭指挥若定，率部反击，身先士卒。不幸的是，在战斗中战马受惊，骑在马上的符竹庭撞到了村寨大门的门框上，头部受到重创，壮烈牺牲，年仅三十一岁。

符竹庭牺牲后，萧华亲自撰写文章《悼念符竹庭同志》予以悼念。为纪念符竹庭，赣榆县曾改名为竹庭县，还专门建了符竹庭烈士纪念馆。原滨海地委书记、国务院副总理谷牧亲笔题词："在千百万人民的心里，符竹庭同志永远活着。"

5. 王麓水血洒滕县城

抗日战争期间，王麓水对开辟和巩固鲁南抗日根据地做出了重大贡献。在对日作战大反攻阶段，他曾率领八师全体指战员解放了峄县、邹县、台儿庄等许多重要城镇。1945年12月13日，王麓水在解放滕县的战役中为国捐躯，年仅三十二岁。

1913年1月13日，王麓水出生在江西省萍乡县长丰乡宗里村一个贫苦的农民家庭，没有自己的住房，全家租住在王氏公祠，靠租种土地勉强维持生活。王麓水曾在私塾念书，八岁时被迫辍学放牛，常和一些放牛娃用竹片削成刀枪弓箭，玩布岗放哨的游戏，那时他就表现出了对指挥作战的浓厚兴趣。

1924年，王麓水的父亲因病卧床不起，但管祠堂的照旧催收租金。王麓水让父亲先少交点儿租金，把省下的钱用来买药治病。父亲说："不按时交租，我们就不能继续租种田地，房子也住不成了。"年幼的王麓水还不理解自己家庭苦难的根源，但幼小的心里有说不尽的愤懑。他跟着哥哥边耕边读，非常敬慕那些有勇有谋、为国为民做出贡献的英雄人物，自己也曾发誓要为贫困的父老乡亲争取利益。

1926年，王麓水考入了南溪高等小学。1927年，加入了中国共产主义青年团。1927年6月，王麓水回乡参加了农民运动。1929年，党中央在永新县河东召开了会议，王麓水参加了会议，并发言指出："我们的弱点是枪支少，弹药缺乏，优点是有广大群众的支持。敌人的武器弹药多，但弱点是得不到群众的支持，士兵贪生怕死。根据这些特点，我们不能跟敌人明拼硬打，而应采取化整为零的办法，进行分散活动，看准了对自己有利就打一下，小胜仗打多了，就可以战胜敌人。"他的发言得到了毛泽东同志的赞赏。后来，王麓水被送到井冈山红军学校学习深造。1930年，王麓水在井冈山红军学校结业后，参加了中国工农红军，先后任班长、排长、连长等职。1932年，他加入了中国共产党。王麓水参加了中央革命根据地第一至第五次反"围剿"作战。1934年10月，他随中央红军长征。1937年，他参加了平型关战役。1940年夏，他率部挺进鲁西地区，同年秋，调任第一一五师教导第二旅政治部主任。1942年夏，王麓水改任八路军山东纵队第一旅政治委员，8月，第一旅改称为"第一一五师教导第一旅"，王麓水仍任政治委员，领导鲁西、滨海等地的抗日游击战争。1943年春，王麓水调任中共鲁南区党委书记兼鲁南军区政治委员，在沂蒙抗日根据地腹背受敌、春荒严重的困难形势下，他要求区党委和军区深入发动全区军民坚持抗日反"扫荡"，积极组织生产自救。4月下旬，在李仙洲部侵犯鲁南时，借鉴红军第一次反"围剿"的成功经验，王麓水亲自率鲁南部队设伏，重创了其先头部队一个师，一举将其残部赶出了山东。

1943年11月上旬，军区领导召集会议，研究下一步的作战计划。会议期间，刘桂堂（绰号"刘黑七"）袭击了天宝山东部的四彦庄，枪杀了四百多名男女老少，把整个庄子毁掉了，还在残墙上写下了"有我刘桂堂，就没共产党"两行大字，十分嚣张。王麓水说："我们是人民的部队，保卫不了鲁南父老怎么能行？"会议决定先打刘黑七。在战前动员时，王麓水同志指出："刘黑七为非作歹二十多年，残杀无辜群众不计其数。党和人民把歼灭刘匪的光荣任务交给我们，我们要向刘黑七讨还血债，坚决为人民除害。"11月15日午夜时分，我军向柱子村发起攻击，匪徒们抵挡不住突如其来的猛烈攻击，纷纷退往刘黑七所在的小围子，我军趁势包围了庄子。当战斗进行到最激烈的时候，王麓水不顾个人安危，亲自到敌人火力集中的最前沿指挥。突然，敌人的炮弹在王麓水附近爆炸，一声巨响，他在烟雾灰尘中昏迷了过去。他醒来后，仍坚持在原地沉着地指挥战斗。大约过了十分钟，小围子里传来一阵歇斯底里的嚎叫，一大群赤着膀子的土匪向围子门冲去。我军的轻重武器一齐开火，把敌人压了回去。见两次突围都未成功，刘黑七绝望地命令他的王牌卫士队拼死冲锋。一百多名匪徒一手提着盒子枪，一手举着鬼头刀，气势汹汹地向我军阵地冲来。王麓水大声喊道："投手榴弹！"话音刚落，上百颗手榴弹一齐飞向敌群，匪徒们倒下了一大片。在王麓水的指挥下，我军一举击毙了土匪头子刘黑七，为山东人民除掉了一大祸害。

歼灭刘黑七匪部之后，王麓水随部队继续南征北战，消灭了不少日伪顽抗武装势力。抗日战争胜利后，王麓水率部北上，攻克了峄县城。1945年9月，山东野战军第八师成立，王麓水任师长兼政治委员，率部在兖州、徐州之间抗击北犯的国民党军队。同年12月13日，王麓水在指挥部队围攻滕县城时，遭敌人炮弹轰击，被炸成重伤，不幸牺牲，年仅三十二岁。

王麓水牺牲后，山东解放区党政军机关、各团体和人民群众举行了隆重的公祭仪式。陈毅同志为王麓水烈士墓题词："麓水同志以善战爱兵爱民见称，故阵亡之日，闻者莫不流涕，不愧模范党员，永垂不朽！"

为了纪念王麓水，滕县一度改名为麓水县，滕县中学改名为麓水中学，华东野战军第三纵队将军报命名为《麓水报》。滕州市人民政府于1988年在龙泉塔旁、荆河岸边修建了王麓水烈士纪念亭。新中国成立后，人民政府将王麓水的遗骨迁至华东革命烈士陵园安葬。

（二）启发民智

在沂蒙根据地建立之初，中国共产党就十分重视人民政治权利的保障和人民文化水平的提升。党主张通过文化育人的方式引导人民投身革命事业，通过制度建设、文化建设、理论宣传，以及创办学校、报纸、文艺团体来提升人民的政治觉悟和思想觉悟，唤醒人民的革命意识，使人民在接受文化的熏陶和教育的引导中逐渐觉醒，革命热情日益高涨。

1.《人权保障条例》的颁布

1940 年 11 月 11 日，山东抗日根据地立法机构——山东省临时参议会通过了《人权保障条例》，这是我国历史上第一部专门的人权保障法规，也是中国共产党制定实施的第一部关于人权保障的条例，比《联合国人权宣言》还早六年。《人权保障条例》后被收录于《世界人权约法通览》，产生了广泛而深远的影响。

1937 年底，日军大举进攻山东，国民党山东省政府主席兼第三集团军总司令韩复榘手握十万大军，却不战而逃，各级旧政权随之土崩瓦解。面对日军烧杀抢掠的野蛮行径，中共山东各级党组织和广大党员勇于担当，广泛发动群众，不断壮大武装力量，掀起了轰轰烈烈的抗日救亡运动。1940年7月底，在沂南县青驼寺召开了山东省联合大会，共有三百余名各界代表参加，其中选出了八十一名代表，成立了全省统一的民意机关——山东省临时参议会。8月17日，大会选举成立了全省统一的行政权力机关——山东战时工作推行委员会（简称"山东省战工会"，为山东省人民政府的前身）。9月，临时参议会举行了全体会议，审议通过了山东省战工会制定的《山东省战时施政纲领》。根据《山东省战时施政纲领》，中共中央山

《大众日报》刊载的《人权保障条例》

东分局宣传部部长兼山东省临时参议会秘书长李竹如组织起草制定了《人权保障条例》，为保障人民民主权益和根据地民主政权建设奠定了法律基础。

为贯彻落实《人权保障条例》，山东抗日根据地各地区都制定了详细具体的措施。在1941年至1942年抗日战争最艰苦的时期，山东各抗日根据地亦受到日、伪、顽军等多重敌对势力的夹击。许多原国民党的地方武装，公开叛变投日，我党领

导的抗日根据地部分变为敌占区和游击区。在这样严酷的战争环境下，山东分局和山东省战工会依然认真执行《人权保障条例》，专门组织工作人员到一些地区对错杀、错捕情况进行检查纠正，督促《人权保障条例》的贯彻执行。尤其是清河区和后来的渤海区行署，在《人权保障条例》的施行过程中取得了显著成效。主持制定《人权保障条例执行规则》的清河、渤海行政公署主任李人凤，在《简述清河民主建设》一文中说："我们执行了保障人权的法令，取消了任何连保制度的残余，减租减息之后保证交租交息……""我们不但保障了农民的人权、地权、财权、政权，而且也保障了地主的人权、地权、财权、政权。"1943年，在《人权保障条例》的指导下，山东抗日根据地开展了整风运动，罗荣桓等领导坚持实事求是的精神，坚持采取符合山东实际的方式，只整风不整人，此举保护了大批干部，为维护法制权威、保障人权做出了重要贡献。中共中央对山东在整风运动中坚持实事求是精神的做法予以肯定和赞扬。

在抗日战争形势极端困难的情况下，山东省临时参议会颁布实施的这样一部专门的《人权保障条例》，是我们党高度重视人民当家做主，依法保障人民群众政治权益、人身权益的直接体现，是山东抗日根据地民主政权建设的重要成果。

2.《跟着共产党走》的诞生

你是灯塔

照耀着黎明前的海洋

你是舵手

掌握着航行的方向

伟大的中国共产党

你就是核心

你就是方向

我们永远跟着你走

人类一定解放

我们永远跟着你走

人类一定解放

这是一首诞生于沂蒙山区,被人们广为传唱的经典歌曲,歌曲的名字是《跟着共产党走》。说起这首歌曲的诞生,有着让人难忘的历史。

1940年6月,沂蒙抗日根据地得到了进一步的巩固和发展。中国人民抗日军政大学一分校从晋东南长途行军,冲破敌人的重重封锁,来到了沂蒙山区。抗大一分校来到沂蒙山区时恰好是中国共产党成立19周年,受中共山东分局的委托,在抗大一分校工作的沙洪和王久鸣在东高庄共同创作了《跟着共产党走》。歌曲展现了沂蒙军民的抗战热情和跟着共产党走的坚定信念,表达了沂蒙根据地党政军民坚定抗战的心声和信念。这

歌曲《跟着共产党走》诞生地——沂南县孙祖镇东高庄村

一年7月1日，《跟着共产党走》开始在岸堤传唱，由于曲调朗朗上口，歌词能够引发人们的共鸣，很快便在全国各地传唱开来，许多进步青年唱着这首歌走向抗日战场。

1940年是沂蒙根据地发展十分艰难的一年。这一年抗大一分校校长周纯全带领一部分抗大的师生来到了沂蒙根据地。来到沂蒙根据地不久，学校便开始进行"七一"党代会的准备工作。为了庆祝党的生日，校文工团专门创作了这首歌曲。这首歌曲的创作过程，可以用"传奇"来描述。当时校政部提出要创作一首歌曲时已经是六月下旬，离党代会开幕的时间已经非常近了，要在这么短的时间内完成新歌曲的创作几乎是一件不可能完成的事。但当时的作曲家王久鸣接到这个任务后，没有丝毫的犹豫，他说："如果有人在十分钟内能写出歌词，那么我在十分钟内也能把它谱成歌曲。"于是组织者想到了诗人沙洪。沙洪接到任务后非常爽快地答应了下来。沙洪没等安排任务的人离开，便开始了创造。他走到院子里的大树下，冥思了一会儿，然后从口袋里掏出一支笔和一张纸，便开始在纸上飞速地写起来。不到十分钟的时间，歌词就完成了。负责组织的同志立刻将写好的歌词拿给了王久鸣。王久鸣看后拍手叫好，他越看越喜欢这首词，边看边哼唱了起来，然后又把哼唱的曲调写在了纸上。在当王久鸣谱完曲后，旁边的组织人员一看，刚好也是十分钟。

这首歌首先在根据地举行的建党19周年纪念会上进行了演唱。人们听后觉得朗朗上口，就开始传唱起来。在敌后条件极为困难的情况下，这首歌全凭口传手抄，很快就从沂蒙山区传遍了整个山东根据地，后经党的地下工作者传播到了敌占区的一些大城市，一直流传到了江淮一带的新四军地区，成为引导进步青年走向抗日战场的主旋律。1946年，新四军北撤到山东时，有位在上海入党的同志回忆说，他在上海秘密入党时，在宣誓会上唱的就是这首歌。当时，大家还以为《跟着共产党走》就是中国共产党的党歌。

解放战争时期，这首歌传遍长城内外、大江南北，成为流传最广泛的革命歌曲之一。1949年5月底，上海刚解放，市民每天早上醒来，迎着黎明的曙光，听到的第一首歌就是《跟着共产党走》。与此同时，新成立的上海广播器材厂灌制的第一张唱片，也是由上海交响乐团演奏的《跟着共产党走》。在中华人民共和国开国大典上，军乐队在演奏完《中华人民共和国国歌》后，接着就演奏了《跟着共产党走》，让人听后十分振奋。这首歌充分反映了广大人民对党的深情和依赖，展现了中国共产党的活力，同时也体现了党和群众之间的血肉关系。

一首经典的革命歌曲，展现了党在沂蒙根据地的发展历史，也展现了中国共产党的历史担当。将党喻为革命的灯塔和舵手，既表达了广大军民对中国共产党的衷心拥护和热爱之情，也体现了中国共产党在领导人民赢得解放的过程中的中流砥柱的作用。在《跟着共产党走》的传唱中，人们更加坚定了只要跟着共产党，就能取得革命的最后胜利的信心和信念。在新时代的伟大征程中，中国人民依然高唱着这首催人奋进的歌曲，迈向实现中华民族伟大复兴的历史征程。

3.《沂蒙山小调》的由来

《沂蒙山小调》是一首革命歌曲，它与《茉莉花》被联合国教科文组织评定为中国最具代表性的两首民歌。

《沂蒙山小调》诞生于抗战最为艰苦的 1940 年。当年，就在沂蒙山区费县薛庄镇上白石屋村，抗大一分校文工团团员李林、阮若珊借助当地的花鼓调创作了初期的《沂蒙山小调》。后在流传中经过多次加工修改，《沂蒙山小调》逐渐成为蜚声海内外的优秀中国民歌。这首歌改编后的歌词如下：

人人（那个）都说（哎）

沂蒙山好

沂蒙（那个）山上（哎）

好风光

青山（那个）绿水（哎）

多好看

风吹（那个）草低（哎）

见牛羊

高粱（那个）红（哎）

豆花香

万担（那个）谷子（哎）

堆满仓

咱们的共产党（哎）

领导得好

沂蒙山的人民（哎）

喜洋洋

人人（那个）都说（哎）

沂蒙山好

沂蒙（那个）山上（哎）

好风光

　　1940 年是世界法西斯最为猖獗的年代，也是抗日战争最艰苦的岁月。当时，不但日军对沂蒙抗日根据地展开了"蚕食"与"扫荡"，以国民党临沂专员张里元为首的顽固派也时常对抗日根据地进行破坏。顽固派利用当地反动势力——黄沙会，与我方抗日军民进行对抗。在对黄沙会成员教育无望的情况下，共产党领导人民群众对其进行了有力的反击。当时抗大一分校文工团的任务就是以文艺宣传为武器，积极配合这一行动。文

《沂蒙山小调》诞生地——沂蒙山望海楼脚下的费县薛庄镇上白石屋村

工团一面在前线对敌人展开政治攻势，一面深入到黄沙会最猖狂的沙沟峪、马头崖等地，召开干部群众座谈会，进行调查研究和宣传教育，同时搜集创作素材。

《沂蒙山小调》的诞生地是蒙山脚下风光秀美的费县薛庄镇的上白石屋村。该村西、北、南三面环山，形成了一个"簸箕"状的山坳。村子就坐落在北面的山坡上，这个村有一二十户人家。小村依山傍势，错落有致，四面绿树成荫，山石林立，村前小桥流水，山路弯曲，西面是海拔高达1000多米的天然屏障"望海楼"，极为隐蔽和幽静。正是在这种隐蔽而幽静的环境中，文工团成员阮若珊写出了歌词，另一名文工团成员李林以过去的一个民歌曲调为基础谱了曲。歌曲最初的题目是《反对黄沙会》，歌曲控诉了黄沙会的罪行，揭露了黄沙会的阴谋；曲调是他们根据逃荒到东北的山东卖唱人所唱的曲调加工整理而成的。阮若珊在之后的一次庆功宴上首唱了这首歌，深受人民群众的欢迎。歌曲一经传出，就以其通俗、易懂、生动的歌词，美妙、动听的曲调，很快火遍了鲁中、鲁南、滨海、胶东、渤海各抗日根据地，受到了广大军民的喜爱。后来，人们根据形势的不断发展，又对歌词内容相继加以修改、充实和完善，渐渐去掉了反对黄沙会的词句，换上了抗日救国的内容，给它注入了更强的时代精神。新中国成立之后，在长期的流传过程中，经过群众的不断加工和修改，保留了原作的前两段歌词，第三段改成了新词，方成了今日的歌颂沂蒙山区好风光的著名民歌——《沂蒙山小调》。

胡荫波作为阮若珊、李林创作《沂蒙山小调》的见证人之一，1985年他在《鲁南史讯》上发表了《人民喜爱的〈沂蒙山小调〉》，第一次将这首歌的作者及创作过程向外界做了详尽的披露。他在文章中说："当时，我们文工团驻沙沟旁边的下白石屋。那是个很小的山村，李林和阮若珊就在一间乱石砌墙、茅草盖顶的简陋民房里，经过精密构思，很快地写了出来。当时歌的名字叫《反对黄沙会》。歌词分八段，内容主要是控诉黄沙会的罪行，揭露黄沙会的阴谋。曲调是李林根据山东逃荒到东北的卖唱人所唱的曲子加工整理而成的。歌曲写好以后，李林就左手拿着底稿，右手拿着呱嗒板儿，在下白石屋西面的小山坡上唱给我们听，请大家提意见。"胡荫波后来接受采访时说，当他们在茅草房里创作《沂蒙山小调》时，他刚好进屋去拿东西，看到他们正在认真地研究、切磋，自己就赶快出来了。

《沂蒙山小调》的演唱者众多，但对其流传产生巨大影响的，当首推韦有琴。1964 年，华东地区举行民歌会演，韦有琴用她那甜润的歌喉，演唱了《沂蒙山小调》，受到了陈毅和其他中央首长的称赞，后被录制成唱片，又一次在全国引起了轰动。随着时间的推移，这首山东民歌已蜚声国内外。群众盛赞"南有《茉莉花》，北有《沂蒙山小调》"，这首歌成了久唱不衰的红色经典歌曲。

《沂蒙山小调》是一首典型的北方汉族民歌。它从沂蒙山起步，唱响全国，走向世界。为纪念《沂蒙山小调》的诞生，当地政府在村前建了一座纪念亭，立了一座纪念碑。亭前的一块天然巨石上刻着原作者之一阮若珊女士于 1999 年 8 月 17 日亲笔题写的一行字——"深深怀念沂蒙山好地方"，寄托了作者对白石屋、对沂蒙山的一腔深情，也见证了沂蒙革命根据地对中国革命的胜利做出的巨大贡献。

4. 抗大一分校在沂蒙

中国人民抗日军事政治大学（简称"抗大"）共有十二所分校，其中抗大一分校是历时最长、规模最大、培养青年干部最多、参加战斗最多、取得战果最大、办学成绩最显著的一所分校，为巩固和发展山东敌后抗日根据地做出了重要贡献，被誉为"敌后办学的先锋"。它从 1938 年成立到 1945 年随抗日战争胜利而结束，经历了两次"东迁"，参加过大小数百次战斗战役，为坚持敌后抗日战争和扩大抗日根据地，训练、培养了数以万计的党政军领导干部。

1938 年 12 月 1 日，党中央、中央军委决定在晋东南成立抗日军事政治大学第一分校。12 月 25 日，抗大一分校在陕西延长县召开了成立大会。1939 年 1 月 3 日，抗大一分校从延长出发，经过艰苦的行军，于 21 日抵达上级指定地点——山西屯留县故县镇，圆满完成了向东迁移至晋东南的任务。

　　1939 年 6 月，形势趋向紧张，敌机时来骚扰。7 月初，日军部署兵力五万余人对晋东南抗日根据地进行大"扫荡"。中央军委命令一分校转移到太行山南部的壶关、平顺、长治、陵川一带。7 月中旬，一分校对外更名为"第十八集团军直属第三纵队"，又称"太南游击司令部"。在太行山区期间，全校同志团结战斗，齐心协力完成了繁重的工作队任务。与此同时，共克时艰，完成了第一期的教学培训任务。

　　后来，为了培养干部，坚持敌后游击战争，巩固和发展山东抗日根据地，中央军委命令抗大一分校赴山东敌后办学，在当地培养出山东部队的军政干部。根据中央军委的命令，这所学校的代号为"八路军挺进纵队"，以周纯全、李培南、韦国清为领导班子。在他们的率领下，一分校向山东进发。

　　1939 年 11 月 15 日，一分校东进队伍从太南驻地神郊地区出发。经过四天的行军，到达了群山环绕的西井镇，周纯全等校领导到王家峪向指挥部负责人汇报了工作，并请示了下一步的工作。朱德总司令在听取汇报后强调，山东抗日根据地是连接华北、华中的枢纽，南可威逼沪宁，北可进逼平津，是坚持敌后抗战的重要战略基地。山东地大物博，人多武器多，机动空间大。然而，干部不足，子弹缺乏。这一次，每个人带一百发子弹给一一五师和山东地方部队作为见面礼，他们会非常高兴的。希望一分校在山东越抗越大，像老母鸡孵小鸡，一批又一批，孵出千万个坚强的抗日干部。

11月25日，学校全体人员离开西井镇继续向东前进，秘密穿越了冀南、鲁西敌占区，行程三千余里。1940年1月5日，抗大一分校到达了沂蒙山区根据地的沂南县孙祖乡，胜利结束了第二次"东迁"。

抗大一分校不仅是一个教育单位，也是一支战斗部队。曾多次配合主力部队、地方武装作战，甚至单独执行过攻打据点的任务。周纯全亲自指挥的大青山突围战在山东，乃至在全国抗日战争史上都是具有重大影响和深远意义的事件，是山东抗战史上一次空前的战斗！

1941年11月28日，同敌人周旋了二十多天的抗大一分校，在上级的命令下，率领五大队从泰莱根据地返回到了沂蒙根据地中心区，在此地进行整训。此时，侵华日军总司令官畑俊六指挥日军以一个混成旅团五千余人的兵力秘密进入大青山周围，设下了一个圈套，企图消灭进入这一带的八路军部队机关。29日夜间，敌人分别由岱崮、坦埠、桃墟、垛庄、青驼、费县、石岚等地进攻大青山地区，分头联合推进。30日凌晨，负责警戒任务的五大队一、二中队率先与敌人交火。随即枪声响彻大青山的东北、西北、西南方向，敌人已对大青山形成大规模的围困态势。从大青山东南侧青驼及石岚方向出动的日军，也以三路纵队迅速冲向大青山，形势非常危急。

在危急关头，参加过黄麻起义、长征中任红四方面军政治部主任的著名将领周纯全，承担了统一指挥的重任。在冷静地分析了敌人的情况，并勘察了地形后，他立即命令第五大队要不惜一切代价掩护领导机关突围。阎捷三奉命组织突围，带领警卫连和校部人员先冲了出去。当突围的队伍冲进谷地沙滩时，敌人集中火力向突围队伍猛烈射击。人群紧贴着警卫连潮水般前进，许多人中弹倒下了。在这个关键时刻，负责掩护任务的第五大队的战士们主动出击。他们用鲜血和生命吸引敌人的火力，尽量减少突围部队的压力。这时，阎捷三指挥警卫连以最快的速度冲击西蒙山的敌人。在到达西山坡后，他又命令警卫连疏散成梯次队形，向敌人发起猛烈射击。紧接着，号兵吹起了震慑敌胆的冲锋号，我军突然向敌人发起勇猛的进攻。在猛烈的攻势下，敌人被打得节节败退，我军终于撕开了一个突破口。阎捷三又指挥警卫连回头反攻两翼敌人，成功掩护山东党政军机关及群众五千多人突围，实现了多数人的安全转移。

为了突围成功，一分校付出了很大的代价。抗大一分校二大队二百九十多位教员和学员壮烈牺牲，队长邱则民砸毁最后一挺机枪后，毅然跳下了悬崖；指导员程克与敌人展开了激烈肉搏，最后英勇牺牲；省战工委副主任兼秘书长陈明把最后一颗子弹对准自己开了枪，壮烈殉国。大青山突围战是山东抗战史上一次空前壮烈的战斗！抗大一分校立下了具有独特意义的战功。

抗大一分校七年多的历史，是一部成功的敌后办学史。它为党培养了两万四千多名干部，不仅为抗日战争的胜利做出了重大贡献，而且也为解放战争、社会主义建设培养了一大批大智大勇、赤胆忠心、无私奉献的中高级干部。

5.《大众日报》的创刊

1939 年 1 月 1 日，在抗日战争的烽火硝烟中，《大众日报》诞生于沂蒙革命根据地，是我国报业史上连续出版时间最长、累计出版期数最多的党报。

1938 年 5 月 21 日，中共山东省委在泰安县上庄召开了干部会议，学习毛主席关于建立抗日根据地的指示，会议确定了在山东创建抗日根据地，并做出了"创办一张全省性报纸，大力开展党的宣传工作"等几项重要决定。1938 年 10 月，山东成为全国敌后战场的中心，毛主席发出指示："派兵去山东！"12月，根据党中央的决定，苏鲁豫皖边区省委改为中共山东分局。《大众日报》就是在这一历史性的节点上，为鼓舞带动全山东人民的抗日斗争而诞生的。

创刊之前，中共山东省委书记郭洪涛和《大众日报》首任社长刘导生、首任总编辑匡亚明谈话，敲定了办报的三个原则：一是党的报纸；二是有利于统一战线；三是广泛发动群众。匡亚明当时建议，报纸的宗旨为"立足于大众，大众办，大众看"，名字就叫《大众日报》。郭洪涛说很好，名副其实为大众人民服务。三个人一番讨论后，既确定了这份报纸的名字，也框定了这份报纸的灵魂。

办报工作由时任山东省委宣传部部长的孙陶林负责。他了解到新任宣传科科长于一川在泰安做地下工作时，跟做印刷工作的人有所接触，就决定由他来具体负责。于一川先挑选出干过印刷工作的张钊、肖辉、侯子春，一起成立了《大众日报》印刷所，又从泰安县城一个濒临倒闭的私人印刷厂里买来了一架脚蹬圆盘印刷机。

1938年六七月间，于一川带着人马来到了蒙山天马林场。他们和新任蒙阴县县长陈俸轩一起，先用了两天的时间把机器拆开，再肩扛手拉地把机器、铅字和纸张——搬上了山。印刷所设立在山顶的一个破庙里。就这样，《大众日报》印刷厂在蒙山建立了。1938年7月，中共山东省委扩大为苏鲁豫皖边区省委，并迁入沂水岸堤镇。不久，印刷所也随之搬到了岸堤镇南的小峪村。

在小峪村，印刷所进行了第一次"热身"，印刷了薄薄的32开的小册子《论抗日民族统一战线》。为了印刷这本小册子，当时还专门从山东抗日军政干校调来了负责校对的徐华，后来由徐华担任印刷厂厂长。初战告捷，印刷所又通过泰安的商人从济南购置了能印报纸的四开印刷机及一部分老五号宋体字。

1938年11月，盘踞在蒙阴的日军蠢蠢欲动，中共苏鲁豫皖边区省委机关遂迁至了沂水王庄，印刷所也跟着迁到了王庄，就安顿在王庄东北七八里处的云头峪村。这个小山村就成为《大众日报》创刊地纪念馆的所在地。当年，经过村妇救会会长陈忠芳的动员，刚刚嫁到该村的二十二岁的新媳妇刘茂菊一听是为了打鬼子，毫不犹豫地就把她和丈夫居住的两间石头垒的屋子腾了出来，用作印刷机房，夫妻俩和公婆挤住在一起。这时，从济南和泰安又请来了一批技术工人，印刷所随之扩充

《大众日报》创刊号

到了三十几人，升格为印刷厂。之后，按照正规印刷厂的建制，设了工务股、校对股和总务股，这就为《大众日报》的正式创刊做好了准备。

安顿好机器后，报社先出了两期名为《突击》的油印试刊。由于当时铅字不全，又没有铸字机，补充铅字只能用翻字盒手工进行翻字。翻铅字时，要先用小铁勺在木柴火炉上化铅，把熔化了的铅水慢慢倒入装好字模的翻字盒内，待稍加冷却后，再把所翻的铅字取出来，将铅字周身手工磨平，这时铅字才能使用。

1939年元旦凌晨，在云头峪村，伴随着漫天风雪和老式手摇印刷机的咣当声，四千份《大众日报》创刊号报纸就在刘茂菊家那间四面透风的农家小屋里正式印刷出版了。大一亮，交通员立即将报纸装进草筐，挑着扁担送到了根据地各处。

从《大众日报》创刊的那一天起，这份肩负着神圣使命的报纸就始终与党同心、与民同频、与时代同行，不断书写着自己的传奇：它是中国报业史上连续出版时间最长的党报，八十多年来从未间断；它经历过世界新闻史上最为悲壮的一幕，五百七十八位报人在战争年代献出了生命；它是输出人才最广的党报，为其他单位输送人才达上千人之多，先后参与创办了四十五家党报。

《大众日报》创刊后，为动员人民起来抗战、宣传共产党的主张发挥了重要作用，成为宣传党的路线、方针、政策的主阵地。《大众日报》社在沂蒙山区前后度过了八年多的时间，驻过九个县三十多个村庄。抗战胜利后，该报发行量达七八万份，不但在山东发行，还在苏北、苏中等地发行，对沂蒙山区的重大事件都做了连续和详尽的报道，对巩固解放区、壮大人民力量、夺取解放战争的胜利发挥了巨大的作用。新中国成立后，《大众日报》成为中共山东省委机关报。

6."识字班"

"识字班里真模范，俺到课堂去上班，一直上到下两点，回到家中快纺线；各人识字各人好，妇女地位得提高，能看书来能看报，也能看那北海票（当时的货币）……"这是抗战时期沂蒙山区革命根据地广为传唱的《识字班歌》，生动地记载了当时沂蒙妇女学习文化，提高认识和觉悟的生动情景。

1933 年 6 月，在苏区政府颁布的《识字班工作》一文中，详细阐述了开展识字班运动的方式及重要作用等。识字班虽然不是沂蒙革命根据地的独创，但是在抗日战争期间，识字班作为我们党在沂蒙革命根据地开展群众文化教育的一种形式却大放异彩，时至今日仍然被人们津津乐道。在国民党统治下的沂蒙山区经济贫困，文化落后。生活在社会底层的广大劳动人民群众没有机会读书识字。抗日战争期间，共产党八路军在沂蒙大地开辟了抗日根据地。在根据地的建设过程中，中国共产党领导下的各级政权组织都非常重视开展文化教育，在发展基础教育的同时，还注重以冬学、识字班、夜校等形式开展群众受教育、学文化等活动。据《大众日报》记载，到1941年3月，鲁中沂蒙地区已有冬学600多处，学员达到18462人；有识字班225处，学员达到4500人。出现了"村村办学，户户读书，抗日救国，人人争先"的新气象。

沂蒙革命根据地的"识字班"建设与抗日根据地开展的新文化普及运动密不可分。崔维志、唐秀娥主编的《沂蒙抗日战争史》中就有关于识字班的记载：1941年，山东省妇联在《"三八"国际妇女节宣传大纲》中发出号召，要加强组织妇女识字班、识字组，建立女子小学、妇女训练组等。为了响应党组织的号召，沂蒙革命根据地的识字班首先在沂蒙山抗日根据地核心区莒南大店一带出现，接着发展到整个沂蒙山抗日根据地，甚至整个山东解放区。识字班以识字、学文化为主，并学习时事政治，对当时扫除农村文盲起了很大的作用。

当时，沂蒙山区的青壮年小伙子纷纷参军支前去了，把广大农村妇女发动和组织起来，也是我们党能够顺利开展革命斗争的重要条件。在党开展的面向人民群众的文化教育运动的影响下，广大沂蒙妇女纷纷走出家门，走向社会，积极参加八路军开展的扫盲运动。在识字班里，广大农村妇女不仅学会了识文断字，还接受了党的理论宣传和政治主张。觉悟后的妇女同

志们迸发出了高昂的革命热情，在党的组织和引领下，成为支持和参与革命斗争的"半边天"。莒县夏元镇小窝疃村的李凤梅是一位老党员，她清晰地记得年轻时参加识字班时学的歌谣："太阳刚到上午天，工作完成吃饱了饭，大家快上识字班，识字班快去把书念；姐姐学会把书念，妹妹学会把账算，姐妹心中多喜欢；多喜欢快上识字班，王大娘来真模范，两月识字一百三，男女老少多称赞；多称赞快上识字班，妹妹穿花袄，爸爸买顶帽，哥哥前线去当兵，哥哥去打仗，为的救国保命，打完了胜仗，好威风。"识字班作为群众教育的一种组织形式，在沂蒙山区对农村妇女，尤其是未婚女性青年普及文化教育，并以学习时事政治、灌输革命思想作为主要内容。一大批沂蒙

77

妇女就是在识字班里接受了新思想，成为革命积极分子，在动员参军、拥军支前等方面发挥了重要作用。

在实际开展活动的过程中，识字班一般按年龄、性别来分班，参加识字班的大都是已婚妇女和未婚女青年。未婚女青年班由于坚持得最好，成绩也最突出，还受到了沂蒙抗日根据地党政军领导的好评，时间久了人们就习惯把未婚女青年称为"识字班"了。就这样，"识字班"成了沂蒙山区年轻姑娘的特殊称谓。

战争胜利后的解放初期，识字班运动在全国仍坚持了好长一段时间。后来，随着教育事业的发展，扫盲运动也宣告结束，作为一种学习组织的识字班渐渐退出了人们的视野。但是，"识字班"作为未婚姑娘的代名词却在沂蒙大地口口相传，一直延续了下来。沂蒙"识字班"这个对未婚姑娘的专称，鲜活地记载着那段让人难忘的历史。

7. "庄户学"

"庄户学"是山东抗日根据地为适应抗战需要和群众生产生活需要创造的一种新型的教学形式，因其教学内容与群众生产生活实际相结合、教学场地设置灵活、教学方法和教学形式丰富多样而受到广大人民群众的欢迎。"庄户学"先是在莒南洙边区刘家莲子坡村发起，后在沂蒙革命根据地广泛推广，最后几乎遍及整个山东抗日根据地。

"庄户学"当时是由年轻的小学老师张建华创造的。1943

年 9 月，从滨海中学毕业后，年仅十八岁的张建华被分配到莒南县洙边区刘家莲子坡村办小学。张建华是一个朴实敦厚、热情细心的青年，到刘家莲子坡村以后就全身心地投入办学工作中。办学首要的事情就是要有教室，张建华找到了一户过世老人的破旧茅屋，经过简单的修缮和粉刷后，这里就成了教室。教室的条件非常简陋，讲课的黑板是用石灰拌上锅底的黑灰泥抹制而成的，学生的课桌是用刷上白灰的土坯垒砌的，教学用的粉笔是用白石粉土掺上榆树皮面反复揉搓制成的，蘸水笔是用弹壳剪出三角尖插到高粱秆上制成的。就这样，学堂、校舍和教具基本上安排妥当了。因为这个村祖祖辈辈没办过学堂，村民们碗大的字也不认识几个。这回共产党派教员来村子里办学堂教书，可算是把庄户人盼望多年的心愿实现了！大家踊跃报名，当时全村不足八十户，约四百口人，报名的小学生就有

张建华及刘家莲子坡村创办的"庄户学"旧址

三十八名。

　　开学后，张老师按照正规抗日小学的一套办法进行讲课教学——全日上课，每七天休息一天。刚开始，学生们学习的积极性很高。可是，好景不长。张建华发现请假、旷课的学生渐渐地多了起来，最终有三四十个学生的学校就只剩下四五个学生了。看着空荡荡的教室，张建华心里十分焦急，弄清楚学生不来学校的原因成为当务之急。经过多日的走访，他发现村里的孩子不是不想上学，而是绝大多数贫苦农民的孩子在农忙时节要去参加生产劳动，这样孩子们就无法坚持正常上学了。既然孩子们不能到学校集中学习，那自己就追随他们的身影把知识送到田间地头去。于是张建华就走出学校，追寻孩子们的去处，到山坡、田间、地头和孩子们混在一起，孩子们干什么他就干什么，慢慢彼此相互熟悉了，就在劳作的间隙教他们识几个字。这样一来，孩子们都很高兴，学习的积极性也再次高涨。张建华趁热打铁，根据孩子们的不同劳动任务，把他们编成不同的小组，有放牛组、割草组、锄地组、拾柴组等。依据每个小组的特点适当安排劳动和学习的时间，保证每个小组的孩子都有时间和机会学习知识。他们约定，天气好的时候张建华就在田间、山坡巡回给他们上课，雨天时就把他们集中到教室读书。因此就有了"小黑板，黑又亮，放牛挂在牛角上，锄地插在地边上"的歌谣。这种教学方式较好地解决了学习与劳动之间的矛盾，村里的少年儿童入学人数迅速增加，达到了全村少年儿童总数的 92%，这是过去从来没有过的。这个办法被村干部和家长们知道后，他们称赞道："这样又干活，又学习，很合咱们庄户人的意，像个庄户学堂。"得到肯定的张建华深受鼓舞，在他的建议下，刘家莲子坡村又成立了妇女学习班、民兵学习班、村干部学习班等。这些学习组织也都根据学员的工作需要和生活习惯，灵活确定学习内容、学习时间和学习形式等，深受大家的欢迎。

大家决定为这种新办法起个新名称，讨论后采用了"庄户学"这个名称。1944年4月21日，《大众日报》发表了《莲子坡的"庄户学"，老百姓人人拥护》一文，介绍了莲子坡"庄户学"的经验。《解放日报》也作了专题报道。11月17日，在全省行政工作会议上，张建华汇报了创办"庄户学"的经过，并被授予"山东省教育英雄"称号。会后，莒南县抗日民主政府决定在全县推广"庄户学"。各乡、村按照刘家莲子坡村的做法，把"庄户学"的教学形式应用到原来的小学、识字班的办学过程中。在推广落实的过程中，"庄户学"也从儿童教育逐步延伸到成人教育，一时全县掀起了办"庄户学"的热潮。全县很快出现了"子教母，姑帮嫂，自动学，互相教"的学习文化的生动局面。

张建华勇于突破原有教育制度的束缚，果断地进行教育改革，使当时革命根据地的教育事业萌生出了新的生命活力，在短时间内，为中国人民的抗战和解放事业，培养出了一大批革命骨干力量。"庄户学"对当时的抗日救国和解放事业做出了不可磨灭的贡献。

三

英勇抗争

沂蒙地区独特的自然条件和丰厚的历史底蕴，使沂蒙人民形成了不畏强暴、敢于斗争、敢于反抗的精神品质。随着中国共产党的成立和马克思主义的传播，沂蒙地区的革命事业翻开了新的一页。马克思主义的传播与沂蒙地区党组织的建立，为中国共产党在沂蒙地区领导群众开展武装斗争奠定了初步的思想基础和组织基础。沂蒙人民在中国共产党的领导下，开展了武装暴动，播撒了革命火种。在武装暴动的影响和推动下，沂蒙大地上的革命星火逐步发展成燎原之势，沂蒙人民的反抗斗争进入了新的阶段。抗日战争和解放战争时期，沂蒙人民不畏强敌，不惧牺牲，与敌人进行了殊死较量，谱写了惊天地、泣鬼神的英雄赞歌。

（一）武装暴动

沂蒙地区的党组织组织发动了日照、沂水、龙须崮、苍山等几次较大规模的武装暴动，进行了武装革命斗争的尝试。沂蒙人民用自己的实际行动，展现了不畏强暴、敢于斗争、追求自由的精神品质，在沂蒙革命斗争史上写下了极其悲壮的一页。同时，沂蒙地区的武装暴动也打击了国民党的反动统治，扩大了中国共产党在沂蒙地区的影响，撒下了革命的火种。

1. 英勇悲壮的日照暴动

日照是山东省成立中共党组织较早的地区之一，具有光荣的革命传统。新民主主义革命时期，日照人民在党的坚强领导下，为追求民族独立和人民解放勠力同心，浴血奋战。

1927年8月1日，中国共产党在南昌举行武装起义，打响了武装反抗国民党反动派的第一枪，标志着中国共产党独立领导革命战争、创建人民军队的开始。8月7日，中共中央在汉口召开了紧急会议，总结了大革命的经验教训，确定了实行土地革命和武装起义的方针。在"八七会议"精神的指引下，1928年春，中共日照县委建立，安哲任县委书记，郑天九、陈雷任县委委员，分别负责宣传、组织工作。中共日照县委是日照地区的第一个党组织。

日照县委成员各自谋取了公开职业，安哲、陈雷分别在当地任小学教员，郑天九在家乡的国货贸易公司做推销员。在严酷的斗争环境中，安哲等人无所畏惧，以公开职业为掩护，利用相熟的邻里关系，主动深入群众，发展革命力量。

1932年2月，中共山东省委经过实地考察将中共日照县委升格为中心县委，管辖日照、诸城、莒县、沂水等地的党组织。安哲任书记，郑天九、陈雷分别任宣传部部长、组织部部长。

中共日照中心县委建立后，日照党组织进一步发展壮大。直到日照暴动前，日照中心县委下辖6个区委、1个特支、45个党支部、25个团支部，100多个村庄有了党的活动。

1932年，蒋介石向中央苏区发动了大规模的第四次"围剿"。中共山东省委指示，为配合中央苏区进行第四次反"围剿"，要求日照在全县范围内举行农民暴动。1932年8月至10月4日，中共日照中心县委根据省委指示，先后在驻跸岭、曙光小学召开了三次党员代表会议，商讨筹划暴动事宜。会议决定建立鲁南革命委员会，安哲任总指挥，建立一支以党、团员为骨干的武装队伍——中国工农红军鲁南游击纵队，会议制定了军事行动计划，确定了政治行动纲领。

1932年10月13日晚，一场声势浩大、震惊全国的武装暴动在日照大地爆发。日照暴动从南北两路同时发起，日照大地燃起了漫天烽火。北路暴动队伍在安哲的率领下，在安家村、

日照暴动南大庙遗址

于家村收缴了地主的枪支，烧了地契，分了地主的粮食，整编了队伍，于14日攻占了王家滩，收缴了商团、民团、盐警的武器装备，将暴动队伍整编为两个大队、六个中队，还组织了侦察队、奋勇队、辎重队、看护队。14日晚，北路各暴动队伍会师两城，在两城南大庙召开了暴动誓师大会。

南路暴动队伍在郑天九、陈雷的指挥下，收缴了牟家小庄子、山字河、邵疃及周围十几个村庄的地主的枪支，并将他们的粮食分给了群众。随后将二百余人的队伍集合于望海寺，准备攻占涛雒，因敌人加强了防备，计划难以实现。遂向西进发，连克平家村、苗家村等数十个村庄。16日，南路暴动队伍在曙光小学进行了整编，并决定与北路暴动队伍会合。

日照暴动发起后，国民党反动当局十分恐慌，对日照暴动队伍进行疯狂镇压。国民党日照县县长杨锦标召集城内豪绅地主紧急磋商，联名发电向国民党山东省主席韩复榘告急求援。17日，韩复榘急令第八十一师展书堂部运其昌旅前去镇压，并纠集日照、莒县、诸城等县地方武装，协同运其昌旅统一行动，对暴动队伍进行"围剿"。面对敌人的围追堵截，南北两路暴动队伍最终没能如期会合。1932年10月26日，弹尽粮绝的暴动队伍为保存力量决定疏散队伍，转移干部，坚持隐蔽斗争，这场轰轰烈烈的武装暴动至此结束。暴动过程中，有一百三十七名队员在战斗中牺牲。暴动失败后，国民党纠集反革命武装"搜山清乡"，又有八十五人惨遭杀害。

日照暴动从10月13日晚开始，至10月26日结束，共历时十三天，进行大大小小的战斗三十余次，是这一时期山东省内规模最大的武装暴动。这次暴动狠狠打击了国民党新军阀在山东的统治，震慑了日照的贪官污吏、土豪劣绅，使日照的劳苦大众找到了革命的道路，看到了光明和希望。

日照暴动虽然失败了，但是为之后波澜壮阔的抗日武装起义和发展山东抗日民主根据地提供了宝贵的历史借鉴。心怀远大理想的共产党员们，在此次暴动中经受住了革命斗争的考验。中共日照县委的创始人安哲、郑天九、陈雷，为了心中的理想和追求，放弃了现实的利益、个人的得失，选择投身革命，甚至不惜为之付出鲜血和生命。日照暴动的革命烈火燃遍了日照地区的几百个村庄，展现出了日照人民大无畏的英雄气概。从此，日照大地上的革命火种生生不息，红色基因薪火相传。

2. 轰轰烈烈的沂水暴动

"五四运动"之后，许多进步青年接受了马克思主义，一大批沂蒙山区青年在外地加入了中国共产党，又返回家乡传播革命知识、开展革命活动，在沂水比较有名的有刘晓浦、刘一梦、李清漪、李清潍等。他们成为沂蒙地区的革命播种者。随着马克思主义在沂蒙山区的传播和革命形势的发展，1927 年 4 月，中共沂水支部在沂水县成立，王敬斋为负责人，鞠百实、邵德孚、张希周为成员，中共沂水支部直属中共山东区执行委员会，是临沂建立的第一个党组织。中共沂水支部成立之后，不断开展革命斗争。沂水暴动就是由中共山东临时省委指导、中共沂水县委组织的一次武装暴动。

沂水暴动不是一蹴而就的,整个过程持续了几个月的时间。1933年1月,中共沂水县委迁往群众基础较好的沂水县西北乡。依据中共山东临时省委的指示,中共沂水县委决定依靠此处较雄厚的党组织的力量和大刀会的力量,开始暴动前的准备工作。20世纪20年代,沂蒙地区土匪成灾,他们以抢劫为业,烧杀奸淫,无恶不作。迫于无奈,为了防匪保家,沂水人民成立了"大刀会"组织。鼎盛时期的"大刀会"拥有会众几万人。在党组织开展的革命活动的影响下,一些大刀会的成员秘密加入了共产党。为了把这个组织争取改造为革命武装力量,沂水县委也积极号召党团员加入"大刀会",有一些党团员甚至成为其中的骨干,逐步掌握了"大刀会"的领导权。大刀会的会员群众成为沂水暴动的主体力量。4月,中共山东临时省委特派员帮助县委组织暴动。暴动首先从反"盐行"斗争开始。当时沙沟村的"青旗会"("大刀会"的一个派别)首领、中共党员李成谦,为了打破"盐行"垄断食盐、高价盘剥群众的局面,带领会众贩运私盐,廉价卖给群众。那些地主豪绅恨得咬牙切齿。1933年5月,大地主李景岗,还有反动地主石小舟、于继周等,得知省委特派员马德隆在这一带发动大刀会准备发动新的暴动这个情况以后,就联名告发到了县政府。当时的国民党县长范筑先于是就带着民团警察到了沙沟一带,于10日逮捕了中共山东临时省委派往沂水工作的马德隆及地方党员、革命群众十三人。5月12日,沂水党组织在到沂水视察工作的中共山东临时省委书记张北华的指导下,决定于18日组织沂水北乡、西北乡大刀会八百人攻打沂水城,解救被捕人员。对于这次营救，中共沂水县委制定了具体的攻城计划，将参与行动的人员的集合地点设在了葛庄村前的沂河滩，口令是"普罗"。18日晚，队伍集合时遇到滂沱大雨，沂河水猛涨，行动受阻，暴动计划未能实现。但是，英勇的人民群众没有放弃。1933年5月29日夜晚，大刀会召集会众袭击了大地主李景岗在沙沟镇崖庄的民团训练处。虽然李景岗的民团负隅顽抗，但是大刀会人多势众，英勇而上，最终攻破了民团训练处，杀死了教练于占元等人。恼羞成怒的李景岗找来增援部队疯狂报复。5月31日，青旗会的队伍在沙沟村南的盖家顶与李景岗的队伍遭遇，大刀会的人员居高临下，猛烈冲杀，李景岗的队伍立刻溃不成军，向沭水一带逃窜，到了杨家坪，又遭到会众的袭击，被迫退到院西沟内。会众从四面八方涌来，将其团团围住，一场激战后，李景岗被杀。

轰轰烈烈的武装暴动引起了反动当局的极大恐慌，国民党当局立即派出正规军队前来"围剿"。为了镇压县里的大刀会，反动政府分兵驻守高桥、苏村。各地刀会组织也在加紧筹集枪支、给养，以对抗反动政府的镇压。6月上旬，国民党县政府派兵至城西马荒村防堵大刀会，青旗会三千人坚持了六个昼夜，敌人未能攻下。接着，驻临沂的国民党军第八十一师两个旅北上沂水，国民党山东省民政厅厅长李树春带领招抚团来沂水，剿抚兼施，向暴动队伍及大刀会下手。中共沂水县委趁敌人立足未稳，决定谢梅村等率领一千五百余名暴动队员攻打高桥。大刀会会众个个英勇善战，但是由于武器装备落后，攻坚力量不足，作战一天也未能攻克，总指挥受伤，中共沂水县委决定撤出战斗。

沂水黄石寨旧照

　　国民党军队以剿灭大刀会为目的展开了疯狂的报复。1933年7月2日，国民党第八十一师二四三旅血洗了宝泉山山寨，杀死了会众二百余人。接着又攻入了黄石山山寨，进行了惨绝人寰的大屠杀，就连手无寸铁的老弱妇孺也不放过。寨内会众与群众同敌兵展开了殊死搏斗，最终因为力量悬殊，西南寨门被攻破，部分群众跳崖突围，有的被摔死，有的遭遇了埋伏。许多家庭十几口人一个不剩，繁盛的村庄顿时成了人间地狱，三千多条人命相继被残害，黄石山下血流成河，这成了山东近代史上最大的惨案——黄石山惨案。中共沂水县委为保护参加暴动的党员、群众和会众不遭到报复和杀害，7月3日，决定由谢梅村等率一百五十余人挺进沂山。队伍与活动于沂山一带的绿林武装会合后，游击了数月，战斗了多次，最终因走散而结束。

沂水暴动在敌人的残酷镇压下虽然失败了，但是一大批参与暴动的共产党员和人民群众不畏艰难、勇于反抗的精神却永远写在了历史簿上。沂水暴动沉重打击了沂水地方反动势力，同时也在唤醒民众、提高民众的思想觉悟等方面做出了贡献，为山东革命根据地的创立打下了坚实的群众基础。

3. 遍撒火种的龙须崮暴动

龙须崮，位于山东省蒙阴县岱崮镇驻地西北七八公里处，海拔约为 709 米，呈东北—西南纵列，沟壑纵横，悬崖陡壁两向蜿蜒，易守难攻。三座山峰紧密相连，从远处看，中间的山峰就像是龙头，另外两座山峰一个向南延伸，一个向北延伸，从东西两个方向看，都像是巨龙在吐着须子，惟妙惟肖，气势恢宏，因此得名"龙须崮"。

1931 年 12 月，中共新蒙县委成立，之后大力发展党组织，成立农民协会。1932 年，中共新蒙县委遭到国民党反动派的破坏，后在中共山东省委的领导下，建立了以王宪廷为书记的中共新泰县委。到 1933 年春，龙须崮地区的中共党员达到七十余人。

1932 年 6 月，中共中央在上海召开了北方各省委代表联席会议，山东省委书记武平参加了此次会议。会议否定了革命发展的不平衡性，批判了所谓的"北方落后论"，不切实际地提出了立即创造北方苏区的要求。在"左倾"思想的指导下，山东省委提出了"各县的工作就是暴动，建立北方苏维埃红色政权"等口号。随后中共新泰县委按照山东省委要举行武装暴动的要求，领导蒙阴和新泰东部的农民酝酿和举行暴动。龙须崮远离县城，敌人统治薄弱，群众基础好，而且崮高壁陡，易守难攻，崮顶又有老百姓为避匪而修筑的寨墙、房屋，便于部队活动和反击。因此，1933年3月，新泰县委研究确定以龙须崮为暴动地点，组织发动龙须崮农民暴动。随之县委召开了扩大会议，研究制定了行动方案，决定由山东省委派来的军委书记祝慨夫任司令，由李阳谷、崔全法、娄家骊任副司令，由新泰县委书记王宪庭任党代表，暴动时间定在9月9日。会后，便迅速着手发动群众，组建队伍，征集武器，察看地形。经过几个月的准备，新泰县委动员了一千余人，筹备了三百余支枪，并决定由蒙阴县井旺村的共产党员娄家骊担任军事指挥。

由于组织不够严密，正式暴动前行迹遭到了泄露。为争取主动，免遭国民党军队的镇压，县委委员崔全法与共产党员李阳谷、苗培之商议后，迅速制作了红旗，写好了标语，确定了行军路线，决定组织新泰东部群众提前举行暴动，之后再通知各乡群众。

9月5日黎明，李阳谷、崔全法、娄家骊带领党员、农民百余人从井旺庄出发，直奔龙须崮。他们在崮顶插上了红旗，提出了"打倒军阀雪国耻！""打倒土豪分田地！""打倒国民党反动政府！""建立人民自己当家作主的政权！"等口号，矛头直指地主、国民党政府，宣布暴动。暴动队伍又下山搞宣传，大造声势，没收了部分地主的粮食、柴草，分给了贫苦农民。此举打击了封建势力，得到了当地农民的拥护和支持。

龙须崮暴动，震动了国民党地方当局，他们将暴动队伍视为"洪水猛兽"。国民党蒙阴七区区长吕月峰、坡里镇镇长王子连及张庄镇镇长房旭东，派人到蒙阴县报告。国民党蒙阴县县长张尊孟得到报告后，立即组织武装进行镇压，派县大队副队长黄咏周带兵配合民团前去"围剿"。黄咏周系中共地下党员，他先派人上山送信，要求暴动负责人下山谈判。在谈判中，黄咏周提出两条意见：一是暴动时机不成熟，建议暴动队伍改变计划，迅速撤退，分散隐蔽，等待时机；二是为保存力量，暂时接受收编，以便东山再起。

　　谈判结束后，黄咏周带队返回了蒙阴县城，建议张尊孟收编暴动队伍。张尊孟不同意，依然坚持用武力"围剿"，命令黄咏周再次带兵前去"围剿"，黄咏周拒绝前去。张尊孟恼羞成怒，一面向上级请求援兵，同时状告黄咏周；一面亲率县大队，并调动张庄、坡里两个镇的民团武装三百余人，共同前去"围剿"暴动队伍。

　　张尊孟带兵出发后，黄咏周马上写信告知了暴动队伍的领导人，建议他们迅速撤离疏散。接到信后，李阳谷、崔全法、苗培之等人疏散到了农村，娄家驷、崔平章带三十余人转移到了淄博地区的鲁山，其余人员也都分散隐蔽。因此，张尊孟带兵赶到龙须崮时扑了个空。

　　这时，新泰县委其他成员所发动的武装人员也得到了消息，立即集合队伍前去支援，但在途中遭到国民党鲁南民团的截击，暴动队伍陷入了孤立境地。

　　9月中旬，张尊孟率部尾追暴动队伍至鲁山，暴动队伍与之发生激战。娄家骊率部坚守山头，打退了敌人的多次进攻，顽强坚守了三天。在敌众我寡、弹尽粮绝的情况下，暴动队伍决定分散隐蔽。在强行突围时，部队被冲散。之后，敌人又加紧清乡、搜捕，李阳谷、崔全法、苗培之等人被迫远离家乡，娄家骊、崔平章在返回途中被捕。历时十二天的龙须崮暴动最终失败。

娄家骊、崔平章被捕后，面对敌人的严刑拷打始终坚贞不屈，拒绝接受各种屈辱性条件下的求生机会。1933 年 12 月，张尊孟将娄家骊、崔平章杀害于蒙阴县城东河滩。娄家骊在赴刑场的途中高呼："打倒帝国主义！中国共产党万岁！"之后从容就义，年仅三十五岁。

龙须崮暴动是新泰地区党组织武装反抗国民党统治的第一次尝试，打击了国民党的地方势力和封建统治，表现了共产党人大无畏的革命精神，鼓舞了广大人民群众。

龙须崮暴动虽然失败了，但其意义是极其深远的。从此，革命的火种撒遍沂蒙大地。

4. 前赴后继的苍山暴动

沂蒙人民是不畏强权、勇于争取自由的人民，他们敢于举起反抗的大旗，为了正义而战。苍山暴动就是典型范例。苍山县文峰山，有"鲁南泰山"的美称。山中有一座庄严肃穆的纪念馆，里面陈列着苍山暴动的英雄事迹。苍山暴动是中共临郯县委组织发动的一次较大规模的武装斗争，在当时引起了很大反响。

20 世纪 30 年代初，鲁南地区旱涝、蝗灾连年不断，土匪多如牛毛，兵匪猖獗，鱼肉乡里。1933 年春，国民党山东省政府决定筹集资金建"向方城"，以讨好韩复榘。他们抽丁派款，加重了农民的负担，临郯一带的群众怨声载道。当时，苍山一带是国民党统治比较薄弱的地区，周围村民贫困，群众基础好。苍山人民勤劳勇敢，富有光荣的革命传统和顽强的斗争精神，历史上同反动统治阶级进行过多次不屈不挠的斗争。中国共产党的诞生，让苍山人民在黑暗中看到了黎明的曙光。在外地求学、从业的热血青年，开始接受马克思主义，率先走上了革命的道路。1927 年大革命失败后，党的工作由城市转向农村，部分共产党人受党组织的派遣来到了苍山，点燃了革命的星星之火。1932 年 9 月，经中共山东省委批准，中共临郯县委在西大埠成立，刘之言担任书记，郭云舫任军事部部长。

刘之言

中共临郯县委成立后，党组织得到了迅速发展。至苍山暴动前，临郯县委辖四个区委，二十一个党支部，有三百多名党员。

经过半年的艰苦努力，苍山暴动的组织准备工作已经就绪。"武装夺取政权"和"打土豪，分田地"的政策也极大地鼓舞了当地群众，得到了群众的拥护。在深刻总结前几次暴动失败的教训的基础上，中共临郯县委分析了当前形势，认为当前民心可用，是举行暴动的有利时机。1933年6月，中共临郯县委在尚岩小学召开了县委扩大会议，决定于7月10日在苍山发动暴动。7月2日，赵家楼一位地下交通员被反动武装逮捕，营救未成功，反而把目标暴露了。为防止不测，南路（郯马地区）队伍于7月2日提前行动，集合了暴动队员二三百人，有长短枪二百余支，他们戴着红袖章，喊着口号，向苍山方向集结。7月5日晚，中共临郯县委书记刘之言听完关于南路队伍提前行动的报告后，当夜在小陵村赵叙五家召开了县委紧急会议，决定采取应急措施，7月6日早晨立即举行暴动。

7月6日早晨，一轮红日从东方冉冉升起，鲜艳的红旗在苍山顶上迎风飘扬，接着响起了清脆的枪声和军号声。苍山暴动开始了。县委军事部部长郭云舫宣布成立苏维埃政府，由赵叙五任主席。会后，暴动队员打开了地主的粮仓，接济贫农。下午，二百多名暴动队员拿着梭镖，扛着大刀，从四面八方汇集到西场。郭云舫宣布，中国工农红军鲁南游击总队成立。

正当群众欢庆胜利之际，7月10日拂晓，国民党军第八十一师师长展书

郭云舫

堂率唐邦植旅到达了柞城县附近的大小苍山一带，在距苍山村七八里处排开了大炮，围墙被炸毁了好几处。天亮以后唐邦植旅发起了进攻，逐渐逼近围门，并炸毁了南门，激烈的战斗开始了。

根据前期的分工，刘之言负责东南角的炮楼，郭云舫负责西南角的炮楼，颜承志负责东北角的炮楼，刘文漪则负责机动指挥。中午时分，刘文漪带领着革命战士与敌人血拼，他们已经打退了敌人的十余次进攻。尽管刘文漪遍体鳞伤，但是他仍咬着牙坚持在战斗岗位上。西南角的炮楼被大炮炸塌了，五位战士当场壮烈牺牲。当时正在指挥战斗的郭云舫也被重重地压在了炮楼底下，幸亏刘之言等人及时赶到，将其迅速扒出。但是就在这时，凶残的敌人又将一颗炮弹丢在了附近，炮弹发生了爆炸，正在战斗的刘之言也负伤了。下午两点左右，郭云舫带领大家从西北门方向突围。当他们行至西北门附近的时候，才发现刘文漪身负重伤昏倒在地，此时的他已不省人事。郭云舫见状迅速背起了刘文漪，可是刚跑到门外的草垛边，就被敌人逮捕了。刘之言负伤后仍坚持战斗，在队员张星、田杰和杨贯五等人的搀扶下，率领部分暴动队伍从西南门突围至杨林村的小岭下，刘之言简单处理了伤口后，又从秦庄朝小城东方向发起突围。他们在行进途中被反动民团武装打散。在这次突围中，身负重伤的刘之言毅然决然地使出最后一点儿气力迅速离开了队伍，向小城东的方向跑去。他边跑边高呼："共产党员在这里！"就这样，他把敌人引向了自己，为的是其他队员能得以突围脱险。最终他被凶恶的地主武装逮捕，在下庄英勇就义。刘之言牺牲时，年仅二十七岁。

郭云舫带领队员突围时被俘，之后被带到了向城，敌人旅长唐邦植大喜过望，亲自审理。开始时以高官厚禄诱降，后则施以酷刑。他大义凛然，英勇不屈，重刑之下依然慷慨陈词。7月12日上午，郭云舫高呼着"中国共产党万岁！"的口号在向城镇南门外英勇就义，时年二十五岁。同时被俘的其他十余位队员也被集体枪杀，头被割下悬门示众。南路负责人徐腾蛟、凌云志在郊城惨遭杀害。白色恐怖笼罩着鲁南。苍山暴动失败后，先后有五十三名共产党员被国民党军残酷杀害。

中共临郊县委遭到严重破坏，鲁南地区的革命斗争转入低潮。苍山暴动虽然最终失败了，但却在鲁南播下了革命的火种，激发了民众反抗强权的热情，为后来创建鲁南抗日革命根据地和人民政权打下了良好的基础。

5. 工运英豪郑乃序

郑乃序，1907年生，湖北省阳新县人，1925年加入了中国共产党。1931年春，郑乃序与田位东接受中共山东党组织的派遣，到枣庄煤矿开展工人运动，郑乃序任中共枣庄矿区特委副书记兼宣传部部长。

郑乃序与田位东奉中共山东省委之命由泰安前往枣庄矿区工作时，正是韩复榘在山东制造白色恐怖之时。枣庄中兴煤矿公司的资本家为防止工人闹事，已联合国民党枣庄当局对来此工作的人员实行了严密的控制，若无该公司和地方当局的关系介绍，很难进入矿区谋取到职务。他们二人先来到邻近枣庄和人口流动性比较大的徐州，通过办读报小组等活动，结识了一位新朋友，经其在枣庄的关系介绍，二人很快就以采煤工的身份打入了中兴煤矿。他们深入矿工中进行革命宣传教育。这犹如一盏明灯，给黑暗中的广大劳苦工人带来了希望和光明。他们不仅吸引团结了一大批工人，还从中吸收有觉悟的工人加入了党组织。

为了锻炼工人的斗争精神，特委决定带领矿工们首先开展惩罚反动把头的斗争。当时矿上有一个姓陆的封建把头，经常打骂欺负工人，民愤很大，工人给他起了个外号叫"路到"。特委决定从惩罚他开始。在特委的领导下，工人们对"路到"进行了说理斗争，并以联合罢工相威胁，通过有理有节的斗争，严厉惩处了"路到"，其他一些反动把头也因此吓得不敢再打骂和虐待工人。

枣庄中兴煤矿公司还有一项极不合理的"花红"（一种奖金）分配制度。里工享受固定工资，每年还能分到"花红"。外工劳动条件最差、最苦，不仅没有固定工资，一年到头也分不到"花红"。1932年夏，中兴公司里工每人增加一个月的工资作为红利，外工分文没有，这引起了外工的强烈不满。特委抓住这个有利时机，广造舆论，要求每个党员和积极分子团结三到五个群众，把手写的传单散发到窑户铺、矿工工作处，贴到井架两边，并到井下进行口头鼓动。矿工们的不满情绪日益增长。在这个基础上，党组织积极为罢工做准备，发动工人，筹集资金，并组织了十七个行动小组，工人家属也都被组织起来，成立了家属纠察队，罢工条件已经成熟。1932年7月22日，罢工大会在窑神庙举行，除了外工，部分里工也前来参加了，共有几千人。大会正在紧张进行时，军警突然包围了会场，工人们一拥而上，和军警展开了搏斗，会场大乱，田位东和其他七十多名工人被捕。

面对危局，郑乃序在齐村主持召开了特委紧急会议，研究如何营救被捕人员。会议决定成立罢工委员会，领导工人继续坚持罢工，力争胜利。大家一致认为，这次罢工被破坏是因为出了内奸。为了使已经暴露身份的人员免遭敌人的毒手，大家提议让郑乃序离开枣庄，但郑乃序执意不肯。后由于叛徒出卖，郑乃序被捕。

郑乃序被捕的第二天，国民党峄县反动当局、驻军头目和资本家共同组成了法庭，在枣庄中兴煤矿公司大楼审讯了郑乃序。参加法庭审讯的有国民党峄县党部书记梁允弟、县长张裕良和一个外号为"杨疯子"的驻军团长等人。一开始，敌人法官使出了诱降欺骗的花招，先是很"客气"地让郑乃序坐下，尔后又摆出一副伪善的面孔，说道："中国不是俄国，不适合共产主义……你的精神是令人佩服的，可惜走错了路子。像你这样有学问的人，政府是很器重的。你应该悬崖勒马，弃暗投明，才算明智。我们保证政府给你一个很高的职位，你何必干这种傻事呢！请你再思再想。"郑乃序气愤不已，他正气昂然地反驳道："你们不要误会，我并非误入歧途。共产主义是我的信仰，我要为共产主义的实现而终生奋斗。共产主义不是谁要不要的问题，而是像冬天过去之后春天就一定要到来一样，谁也无法阻挡。你们认为今天有权有钱又有军队，就可以把共产主义挡住，使滚滚向前的历史车轮倒转，这真是一种可怜的幻想。你们才真是可怜、可笑哩！我的被捕算不了什么，整个革命运动的前途是光明的，胜利总有一天要到来。你们的前途是黑暗的，总有一天要灭亡。到底谁明谁暗，谁智谁愚，你们可一定要认识清楚！"这铿锵有力的反驳令敌人哑口无言、狼狈不堪。敌人看到用诱降欺骗的手段无法达到目的，就撕掉了伪善的面具，咆哮道："少说废话，赶快把你的那些同党人、你的上级，痛痛快快地说出来，否则，拉出去枪毙！"早已经把生死置之度外的郑乃序毫无畏惧地说："我到枣庄来的目的是提高工人的觉悟，教育他们自己起来解放自己，现在目的已经达到，死又有什么了不起哩！一个真正的共产党人，为革命而死，感到光荣和自豪。你们只能毁灭我的身体，却不能毁灭我的共产主义信念和革命意志。你们要枪毙，那就下命令吧！不过我要告诉你们，中国像我这样的人有千千万万，你们是斩不尽杀不绝的！"郑乃序有理有据的驳斥和慷慨陈词，不但驳得对方张口结舌，而且还感动教育了部分军警和在场的旁听群众。

峄县反动当局使用各种利诱和威逼的手段对付郑乃序与田位东，但都失败了。几天后，郑乃序与田位东被押送到了济南。当他们拖着沉重的脚镣走到县南门里时，大声对围观的群众喊道："同志们！国民党统治的日子是兔子尾巴——长不了！""打倒国民党反动派！""胜利属于我们！"郑乃序与田位东以甘洒热血为人民的英雄气魄，在人民群众心目中树起了共产党人的光辉形象。

1932年8月3日，郑乃序与田位东被押赴刑场执行枪决，途经国民党山东省政府门前时，他们怀着对党和人民的赤胆忠心，向围观的群众讲演达半小时之久。他们揭露了国民党反动派的黑暗统治，控诉了日本帝国主义的侵略和反动当局屠杀共产党人、工农群众和革命志士的暴行。他们在戒备森严、刀枪林立的刑场上昂然挺立，气壮山河，高呼着"中国共产党万岁！""反对国民党反动派专制独裁！""打倒帝国主义！"等口号，在千佛山下英勇就义。

（二）革命传奇

在蒙山沂水间发生的大小战斗达数千次。这里的每一座山头都燃烧过革命斗争的烈火，这里的每一寸土地都浸染过革命烈士的鲜血。面对敌人的暴行，具有光荣革命传统的沂蒙人民坚决响应党的号召，在中国共产党的领导下，不畏强敌，奋起反抗。沂蒙军民的传奇斗争故事被广为传颂，在中国革命史上谱写了英勇不屈、可歌可泣的伟大赞歌。

1. 传奇的铁道游击队

在抗日战争时期，除了正面战场以外，还有一支抗日武装一直活跃在山东枣庄一带。这支队伍传奇般的英勇事迹在全国，乃至世界都留下了光辉的篇章。这支抗日武装就是被萧华将军称为"怀中利剑，袖中匕首"的铁道游击队。

1940 年 1 月 25 日，根据八路军苏鲁支队的命令成立了铁道游击队，其在成立之初被称为"鲁南军区铁道大队"。这支队伍人数并不是很多，最多时近四百人。这支队伍在队长洪振海、政委杜季伟、副队长王志胜的带领下，在百里铁道线上与日军展开了殊死搏斗。

铁道游击队的队长洪振海，可以称得上是一个传奇式的英雄人物。他经常穿着一身黑色的布裤褂，腰上系着一条布带，头上戴着一顶缀着大绒球的帽子，看上去和《水浒传》中的梁山好汉有几分相似。洪振海原本是山东省南部津浦铁路支线枣庄车站的一名工人。日军占领这一地区之后，烧杀抢掠，无恶不作。不堪忍受日军羞辱的洪振海，与工友王志胜秘密杀死了一名日本兵，并夺走了一支枪。随后，两人又说通了一名伪自卫队的班长。一天晚上，三个日军在枣庄洋行喝醉了，二人趁此机会就冲了进去，杀死了两个日军，打伤了一个，成功缴获了两支枪。后来，三人又联系了一些工友，并将这些人都聚集起来组成了一支抗日队伍。随着队伍的规模越来越大，八路军给他们派来了政委，这支队伍在台儿庄、韩庄、临城和微山湖一带抗击日军。

这支不过百人的抗日队伍，有着各方面的人才，特别是对铁路十分熟悉，队伍里有司机、司炉、电工、检修工、扳道工……铁路上的行当，他们无一不通。他们当中有些人还练就了扒火车的本领，即便火车飞速驶过，他们也能纵身而上。

一次，队员们发现日军在枣庄车站的货车上装配了不少军火，就故意弄坏了机车，使得开车时间从白天一直拖到了夜间。火车开动之后，他们趁着黑夜登上了火车，把十二支步枪、两挺机枪运送给了八路军。还有一次，一列从北平开往上海的客车从沙沟站经过，铁道游击队的队员发现最后三节车厢满载着军需品。隐蔽在站外路旁的队员们在列车经过的时候，就飞身扒上了火车，剪断了风管，拔掉了插门，使货车脱钩留下，他们没费一枪一弹，成功缴获了日军八百多套军装、一千二百多匹布料，以及大量的药品和罐头。

1940年春天，日军对鲁南山区进行了大"扫荡"。铁道游击队为了配合八路军主力部队进行反"扫荡"，决定搞一次劫车活动。一天，一辆从赵墩车站经枣庄开往临城的火车按时开动。铁道游击队的部分队员就化装成农民、商人和工人，从峰县、枣庄等车站分别上车，伺机对付那些押车的日军。在经过王沟车站的时候，队长洪振海和司机老曹快速从道旁跳到了机车的踏板上，在开车的日军司机还没有搞清楚状况的时候，就将其解决掉了。就这样，火车落入了游击队的手中。快到四孔桥的时候，火车的车速变慢，各车厢的队员同时将武器对准了日军，埋伏在四孔桥旁边的队员们也快速登上了火车，成功控制了整个列车。车厢里，游击队队员们与日军展开了近身战，不一会儿，就把车上的日军全都消灭了。火车停下来之后，乘客们纷纷下车。洪队长站在高处对乘客们喊道："老乡们，同胞们，不要惊慌，我们是八路军铁道游击队，是专杀日本鬼子的，我们不能让他们在中国横行霸道！"随后，队员们打开了货车车厢，将大量物资卸载。之后，铁道游击队名声大振。

1941年冬，因为叛徒告密，日军包围了铁道游击队驻地，队长洪振海在指挥突围时不幸中弹牺牲，铁道游击队的其他队员都得以顺利突围。1942年6月，铁道游击队的队员们乔装成伪军，摸进迟山据点，打死了一个叛徒。随后又化装成农民进入韩庄，将另一名叛徒打死，为洪振海队长报了仇。此后，铁道游击队依然战斗在津浦铁路沿线，队伍发展到了几百人。他们在铁道线上让日军闻风丧胆。

1942年12月，鲁南军区将微山湖大队、鲁南铁道大队、滕沛大队、文峰大队合编为鲁南独立支队，其中铁道游击队被编为第二大队。为了继续保持铁道游击队对敌人的强大威慑力量，整编后的第二大队对外仍称自己为"鲁南铁道大队"。鲁南铁道大队的队伍不断壮大，人数最多时近四百人，下辖六个中队。鲁南军区为了加强对这支抗日武装的政治领导，派赵宝凯、张静波等十多名政治工作骨干任中队指导员。主力部队骨干的充实，使铁道游击队的军事、政治素质得到了大幅度的提高。他们除了配合独立支队完成统一作战计划外，主要工作仍是护送过路干部，保卫主要交通干线。鲁南铁道大队仅在1943年一年间，就护送了三百多名党的干部。

1945年日本宣布无条件投降以后，枣庄一带的日军一千余人集中在临城，他们想等待时机携械逃离鲁南。当时，临城的日军及家属乘一列铁甲火车于夜间开出，企图向南逃窜。当他们所乘坐的铁甲火车开到沙沟附近时，他们发现前面的铁路已被铁道游击队严重破坏，于是他们又试图退回临城。就在这时，铁道游击队将事先埋在铁轨底下的炸药引爆了，敌人的退路被直接截断。就这样，铁道游击队迅速将铁甲火车包围起来。在铁道游击队的强大压力下，逃窜失败的日军被迫低头认罪，并乖乖交出了武器。在铁道线上与日军浴血奋战了多年的铁道游击队，终于以胜利者的身份站在了敌人面前。这次日军共交出山炮两门、重机枪八挺、轻机枪一百三十多挺、步枪一千四百多支、手枪数十箱、子弹百余箱。

随着抗日战争的胜利，铁道游击队也完成了历史使命，在滕县进行了整编。1946 年 3 月，鲁南铁道大队奉命撤销，在此基础上成立了鲁南铁路局。中共鲁南津浦铁路工委副书记靳怀刚任局长，原大队长刘金山任副局长，原大队政委郑惕任特派员兼兖州段段长，原副大队长王志胜任工会主任。部分铁道游击队骨干转业地方，分别担任津浦铁路兖徐段和临枣支线各火车站站长。鲁南铁道大队所属的三个长枪队和一个短枪队，大部分人员编入了鲁南军区十九团特务二连，少部分人员编入了铁路局警卫连。

2. 步兵歼灭装甲部队

鲁南战役是一场步兵歼灭装甲部队的奇迹之战。粟裕将军巧用战术，歼灭了国民党军队的王牌装甲部队，又缴获了大量物资，我军在此基础上直接成立了一个特种作战部队。

1946年12月，国民党徐州绥靖公署主任薛岳指挥二十五个旅和一个快速纵队，向苏北地区发动进攻。在此次战役中，陈毅、粟裕指挥华东部队歼灭国民党军两万余人，国民党军整编六十九师师长戴之奇自尽身亡。而在我军主力集结于苏北地区的时候，薛岳又趁机命令整编二十六师，还有整编五十一师、整编五十九师、整编七十七师等部队进攻临沂，企图趁我军兵力空虚攻占鲁南地区。宿北战役的速度之快出乎薛岳和马励武的意料。马励武得知整编六十九师被歼灭后不敢再深入，命令整编二十六师及第一快速纵队在向城、卞庄等地区展开防御，左翼的整编五十一师集结在枣庄地区，右翼的整编五十九师、整编七十七师则集结在台儿庄以北地区。此时，陈毅、粟裕率领山东野战军、华中野战军向北迅速移师鲁南。

此次进攻鲁南的国民党军部队是整编二十六师和第一快速纵队。整编二十六师是全美械部队，装备精良，战斗力强悍，师长马励武毕业于黄埔一期，是蒋介石的心腹爱将。第一快速纵队由国民党军队步兵第八十旅、战车第一团第一营、炮兵第四团和第五团，外加一个汽车团和通信营组成。在正常情况下，一个旅的兵力为五千人左右，最少的只有两千多人，而一个加强旅最多为八千人左右，然而这支快速纵队的兵力竟达到了一万多人。而且这支部队拥有统一的美械装备，战车一团一营在抗日战争时期还是有名的钢铁之师，其炮兵部队更是蒋介石的嫡系部队，本就是国民党军队中的王牌部队，所以这支军队在当时属于顶级的配置，称得上王牌中的王牌，在当时是不可一世的。当时我军多数参战部队用的还是抗日战争结束时的杂式武器，敌我技术装备水平悬殊。我军绝大部分干部战士不但没有打过坦克，而且没有见过坦克。虽然部队在集结行动途中也进行了打坦克的训练，但时间很短，又没有实物可供演练。在实战中我军靠的是战士们的勇敢和智慧，靠的是人民战争的强大威力，至于火器，除少量火炮外，主要还是靠手榴弹和炸药包。

1947年1月1日，粟裕指挥部队完成了对整编二十六师的包围。1月2日晚，粟裕得知马励武离开部队去过年了，立刻命令部队对国民党军发动全面进攻，并在1月3日上午完成了对整编二十六师的分割包围。1月3日晚，我军对整编二十六师发动了全面进攻。经一夜激战，歼灭了整编二十六师师部及两个旅的大部，把整编二十六师和第一快速纵队包围在了一个狭小的区域里。这里所说的"经一夜激战"是就总体而言，就局部战场来说，打得极其惨烈、惨不忍睹！一师三旅七团攻打吴家庄之战，就是较为典型的一例。这里地势平坦，易守难攻，又便于坦克行动。加上敌人已构筑了野战工事，其外围是光秃秃的一片，无隐蔽物可利用。吴家庄的敌人是一个团部加上一个营。敌人的坦克在七团二营、三营的攻击队伍中碾来碾去，横冲直撞，想要碾轧我们的勇士。在这极其严峻的时刻，战士们没有畏惧，而是与坦克进行周旋，像孩子们捉迷藏那样与坦克转圈。然而，七团毕竟是第一次碰到坦克，而且是坦克群，那轰隆隆的声响，那一串串带绿光的机枪子弹，使部分战士一时惊慌失措。"一定要把坦克堵住!"几个团领导异口同声地说。他们命令一位年轻的副指导员率领三十多名战士向坦克群冲去。战士们用集束手榴弹炸坦克履带,每人抱一捆柴火,准备放火烧坦克,因为坦克轮上有油箱,怕的就是火。手榴弹的爆炸声响起来了,但坦克群仍疯狂地碾转着,机枪嗒嗒嗒地喷着火舌。一个战士爬上了坦克,用手榴弹砸塔盖,另几名战士把点着的柴火扔向坦克的前后左右,呼的一声,这辆坦克果然着火了。"坦克着火了!"战场上一片欢呼!其他几辆坦克见状不妙,拼命逃走了。

1月4日,整编二十六师残部想在第一快速纵队坦克大炮的掩护下冲出包围圈,但是当天天气由阴转雨,雨中夹雪,寒风刺骨,道路难行,再加上民兵破坏了道路,导致很多坦克、大炮、卡车等重型装备都陷在了泥里。指战员冒着寒风雨雪,穿着湿透的棉衣,不顾敌人的火力拦阻,奋勇地冲入了敌阵,与敌短兵相接、近战格斗,用炸药包、集束手榴弹炸坦克,用燃烧的手榴弹和秫秸烧坦克。有些战士则干脆爬上坦克,用铁锹、洋镐砸电台天线,仅几个小时,就把美蒋合建、由美军装备训练和苦心经营的坦克部队打瘫痪了。到下午三时,敌军除七辆坦克钻隙逃往了峄县外,整编二十六帅和第一快速纵队共三万余人全部覆灭,师长马励武被俘。

鲁南战役历时十九天,山东野战军和华中野战军以伤亡八千余人的代价歼敌五万余人,其中俘虏三万余人。此战华东野战军缴获颇丰,缴获美制坦克二十四辆,各型火炮二百多门,汽车四百多辆。在此基础上,粟裕将军组建了一支自己的特种兵部队，这些装备也成为我军特种部队的基石。此次战役中国民党军队送上的"厚礼"令粟裕军团如虎添翼，此战之后，我军就拥有了一支现代化的炮兵部队，在防守能力、攻坚能力上进入了最佳状态，故而称之为"添翼"之战。

3. "神秘消失"的韩练成

莱芜战役是解放战争期间，华东野战军和国民党军队在山东莱芜地区发生的一场战役。战役期间，沂蒙人民倾力支援前线，五十万民工夜以继日地运送粮弹，救护伤员，为战役的胜利做出了巨大贡献。另外，莱芜战役的速胜还与"神秘人物"韩练成密切相关。

韩练成，1909 年出生于宁夏固原的一个贫苦的农民家庭，十二岁始进私塾读书，过着半工半读的生活。1925 年 1 月，韩练成考入了西北陆军第七师军官教导队，并随军北伐。北伐途中，他结识了在西北军工作的刘志丹和邓小平，受他们的影响，接受了马克思主义理论。韩练成曾在火线上救过蒋介石，因此深得蒋介石的赏识，先后任国民党政府军旅长、师长、参谋长等职。1942 年 6 月，他在周恩来的直接领导下秘密开展工作。

在 1947 年的莱芜战役中，华东野战军能在运动战中迅速诱歼李仙洲部于莱芜一带，韩练成发挥了重要的内应作用。1947 年，鲁南战役结束后，山东、华中两大野战军合并组成了华东野战军，下辖十一个步兵纵队和一个特种兵纵队，主力集结于山东省沂蒙地区。国民党军统帅部判断华东野战军经过宿北战役、鲁南战役伤亡惨重,持续作战能力不强,遂制定了"鲁南会战"计划。国民党军分南北两线展开攻势,妄图在沂蒙地区与华东野战军决战。蒋介石对这次的"鲁南会战"十分重视,亲至徐州面授机宜,由其参谋总长陈诚坐镇徐州督战,并将嫡系部队置于第一线担任主攻。当时,用美式武器装备起来的韩练成部整编第四十六师,是北线李仙洲集团的王牌军之一。

摸清了国民党军的作战企图,华东野战军决心集中主力二十四个师,将北犯之敌诱至适当地区,选其突出的一路围而聚歼。2月4日,中共中央军委主席毛泽东指示华东野战军:"敌愈深入愈好,我打得愈迟愈好,只要你们不求急效,并准备于必要时放弃临沂,则此次我必能胜利。"华东野战军司令员陈毅、副司令员粟裕等根据中央军委的指示和战场实际,拟定了作战方案,同时部署地方武装进逼兖州,在运河上架桥,制造主力将西进与晋冀鲁豫野战军会合的假象。

2月15日,南线国民党军占领了临沂。蒋介石、陈诚听信了部属"在临沂外围歼灭共军十六个旅"的谎报,并据空军侦察到的我军武装在运河上架桥等情况,判断华东野战军放弃临沂是因"伤亡惨重,不堪再战",遂急令李仙洲集团加速南进,尽快实施南北夹击计划。华东野战军在北移途中,克服严寒天气和山路难以行军的困难,夜行昼宿,于2月19日逼近莱芜、颜庄地区,形成了对莱芜城的合围态势。2月21日拂晓,第8、第9纵队主力在莱芜城东北和颜庄地区全歼敌第七十三军第七十七师。其余各纵队于20日晚全线发起进攻。至22日上午，华东野战军包围李仙洲集团指挥所、第七十三军主力及第四十六军于莱芜城内。在济南的第二绥靖区司令官王耀武为确保胶济铁路的安全，令李仙洲向口镇方向突围。

华东野战军在莱芜城以北，利用山区的有利地形布设了袋状伏击阵地，准备围歼国民党军于突围途中，并将从南线调来的第2纵队部署在了蒙阴县西北地区，防敌向西南逃窜。23日，李仙洲指挥第七十三军、第四十六军突围。与李仙洲一同离开指挥所的韩练成借故离开，使部队的突围延误了两个多小时，并造成了第四十六军军部的惊恐慌乱，韩练成的"失踪"打乱了李仙洲的行动计划。在突围过程中，由于道路狭窄，人员、马匹、车辆争相夺路，秩序混乱。10时，李仙洲集团先头部队进至芹村、高家洼一线，遭华东野战军第6纵队顽强阻击。12时，李仙洲集团刚逃离至莱芜，第4、第7纵队各一部立即占领了莱芜城，抢占阵地切断了其退路。与此同时，第1、第7纵队主力由西向东，第4、第8纵队主力由东向西，展开了猛烈攻击，大胆穿插，分割围歼。激战至17时，李仙洲集团大部被歼灭，李仙洲被俘。国民党军第七十三军军长韩浚率一千余人，会同新编第三十六师残部向博山方向逃窜，途中被第9纵队全歼于青石关和和庄一带，至此莱芜战役结束。

莱芜战役沉重打击了敌人的士气，极大地鼓舞了解放区军民的斗争热情，增强了我军必胜的信心。同时，彻底打乱了国民党的军事部署，迫使其由攻势转为守势。华东野战军司令员陈毅总结说："经过了这个大歼灭战，蒋介石南北会师侵占整个山东的狂妄计划变成了一场春梦。我渤海、鲁中、胶东、滨海四个军区完全打成了一片，不仅山东我军的胜利基础因此稳如磐石，影响所及，即全国独立民主阵线上的斗士也得到了极大的鼓励。"

莱芜战役胜利后的第三天，韩练成赠给陈毅这样一首诗："下民之子好心肠，解把战场做道场。前代史无会战例，后人谁写此篇章。高谋一着潜渊府，决胜连年见远方。我欲贺君君贺我，辉煌战果赖中央。"表达了其对党中央指挥决策的高度赞赏。韩练成为党和革命事业做出了巨大的贡献，毛泽东赞叹道："蒋委员长身边有你们这些人，我这个小小的指挥部，不仅指挥解放军，也调动得了国民党的百万大军哪！"

1948年10月，韩练成脱离国民党部队，辗转投奔解放区。1950年5月，加入了中国共产党。1955年，韩练成被授予中将军衔，获一级解放勋章。新中国成立后，曾任原兰州军区第一副司令员、甘肃省副省长等职务。1984年2月，在北京逝世。

4."英雄岱崮连"阻敌十八天

抗日战争时期,"英雄岱崮连"在南北岱崮阻击三千多名日军十八天的故事至今在沂蒙广为流传。

1943年11月,一万多名日伪军从临沂、莱芜、沂水等地同时出击,对鲁中抗日根据地进行"扫荡"。来势汹汹的日军宣称,要在三个月内歼灭沂蒙山区的八路军,气焰极其嚣张。

为了破坏日军的计划,打击其嚣张气焰,八路军决定派遣山东省军区第十一团八连据险而守,以吸引敌军主力,掩护山东分局等党政指挥机关及人民群众转移。最终,这个"险地"被定在了南北岱崮。选择这里主要有两大原因:一是此处地势险要,两座山体的平均海拔高达六七百米,中间有山梁,顶部却平整,结合四周刀削般的峭壁,非常适合据守埋伏,敌人难

岱崮保卫战旧址——南北岱崮,两山相距1500米

以顺利通过；二是此处是日军进犯沂蒙山区的咽喉要道，八路军早有准备。早在 1943 年之前，八路军就已经在此处修筑了相关掩体。此时只要再在山顶建上房屋，准备好水缸、粮库等基本生活设施，就能以逸待劳，等着阻击日军。非但如此，负责驻守在这里的八连指战员还在南北两边的山岩上修筑了很多瞭望楼，用于观察敌情；在梯田石坝内，还挖了许多相关设计的墙洞，用于进攻；在岱崮周围埋了很多地雷，用于埋伏，可以说是万事俱备，只欠东风。

1943 年 11 月 13 日，伴随着飞机与大炮的轰鸣声，日军开始朝南北岱崮进攻，著名的"岱崮阻击战"正式打响了！日军首先盯上的是北岱崮，只不过还没靠近就被冷枪震慑住了。为了打探情况，他们从周围的一个村子里抓了一位还没来得及撤离的老人。老人谎称山上有七八百人，使得日军不敢妄动。日军一方面小心试探，另一方面从其他地方调集了大队人马，准备"围剿"南北岱崮的"大股"八路军。可实际上，坚守南北岱崮的一共只有九十三人。

战斗刚开始，日军就显得非常谨慎，派出了小股部队进行试探性攻击。八路军战士们沉着应对，先是放任他们突进，等日军进入射程后再猛然进攻，迅速消灭了这股日军。日军震惊之余，便开始策划从两侧包抄，但北岱崮山高坡陡，四周又草木稀少，没有掩体和助力，日军根本爬不上去。久攻不下，日军终于转移目标，朝着南岱崮进攻。这一次，日军直接出动了大股部队进行冲锋。出人意料的是，日军的这次突进非常顺利。可就在他们距离山顶仅有一百多米的时候，山顶突然落下了大量滚石。配合手榴弹、各类枪炮及事先埋好的地雷，坚守在南岱崮的八路军战士们把日军打得抱头鼠窜。

南北两边都攻不下来，日军恼羞成怒，便调动战机对山顶进行轰炸。只不过八路军战士们已经事先挖好了掩体，所以这次轰炸依旧收效甚微。在羞愤之下，日军居然又使出了一系列卑鄙手段，比如投放毒气弹，逼迫当地的老人小孩上山劝降，等等，试图以此来瓦解八路军的斗志。但日军此举更加激发了战士们的国仇家恨，从而使他们表现得更加勇敢。

日军的轰炸与强攻，使得南北岱崮的粮食、弹药基本上都被损毁了，就连水缸都被炸没了，以至于战士们无水可喝。虽然山下七连的战士们会在夜间给山上的战士们提供给养，但是随着日军攻势愈发猛烈，这条补给线受到了强烈冲击。山上的战士们晚上只能用单薄的军衣来御寒，饿了就挖一挖野菜，啃一啃树根，就这样坚持了下去。由于长期缺水，战士们的嘴唇都是干裂的，最艰难的时候，九十多名战士只有半搪瓷茶缸的水，里面还混着泥土。这点儿水根本不够大家喝，于是战士们便围成一圈，每当搪瓷茶缸传到自己手上的时候，就蘸里边的水抿抿干裂的嘴唇，然后将其传给下一个同伴。战士们就是在这样艰苦的条件下顽强地阻击着敌人。

为了攻克南北岱崮，日军派出一支精锐部队，配合更多的飞机、大炮作战。战士们为了抵御日军，打光了弹药，于是就用石头砸、刺刀挑，就这样硬生生把敌人挡在了山下面。当时八连的战士们已经和外界完全失去了联系，被三千多名日军围攻的他们，只能凭借顽强的意志来抵抗几十倍的敌人。他们最终圆满完成了坚守半个月的任务，将三千多名日军拖在这里十八天。

任务是完成了，但弹尽粮绝的战士们又该如何撤离呢？日军为了瓦解战士们的斗志，多次派人朝山上喊话劝降，毫无结果，便只能威胁要利用空投伞兵占领山顶，但依旧没有成效。直到11月28日的早上，这里出现了戏剧性的变化。日军派人"例行喊话"时，却发现山上没有丝毫回应。日军派遣部队往山顶推进时，也没有受到丝毫的阻击。日军到了山上才发现，坚守在南北岱崮的八路军部队竟然不翼而飞了！

那么八连的战士们究竟是什么时候撤离的呢？原来，早在11月27日，八连的战士们就接到了撤退的命令，紧接着他们便开始部署转移工作。战士们进行了分工，一部分战士负责在山上拴好绳索，为战士们沿着绳索滑到山崖下做准备；另外一些战士则是来到另一边，往山下不停地扔石头，吸引敌人的注意力。日军自觉包围圈密不透风，而且足足盘绕了四五层，山上的八路军不可能跑得掉，却没想到八连的战士们就在他们的眼皮底下金蝉脱壳。等到日军反应过来的时候，八连的战士们早就跟大部队会合了。

在这场战役中，八路军战士取得了极为辉煌的战果。八连以伤七人、牺牲两人的极小代价，在日军一个空军中队、一个炮兵中队、一个步兵大队，以及一个伪军团共三千多人的"围剿"下，阻击了十八天，最终顺利脱身。八连的战士们歼灭了三百多名日伪军，胜利牵制了四十倍的敌人。战斗结束后，八连的战士们得到了山东省军区通令嘉奖，并获得了"英雄岱崮连"

的光荣称号。作家冠西以这次战斗为内容，创作了报告文学《南北岱崮保卫战》，发表于1943年12月23日的《大众日报》。同年，延安《解放日报》全文转载。

5. 郯城战役中的"翻边战术"

1942年，罗荣桓总结了山东历次反"扫荡"、反"蚕食"斗争的经验，正式提出了"敌人打到我这边来，我就打到敌人那边去"的"翻边战术"。所谓"翻边战术"，即主力部队不是部署在根据地腹部，而是部署在根据地边界区域中。当敌人开始"扫荡"时，不是"敌进我退、诱敌深入"，而是"敌进我进"。也就是说，在了解了敌人的动向后，特别是当面之敌的动向后，趁敌人包围圈还有很大的空隙时，选择薄弱处冲出根据地，"翻"到敌人后方去，袭击敌人后方，破坏敌人部署，

"翻边战术"中的战士在监视敌军

达到粉碎敌人"扫荡"的目的。1943年初，陈光指挥八路军第一一五师教导二旅攻克郯城的战役，则是"翻边战术"的典型战例。

郯城位于山东省最南端，居临沂至新安镇（新沂）之间，是鲁南通往苏北的交通要道。1940年，日军攻克郯城后，修筑了城墙，筑起了坚固的防御工事，易守难攻，郯城成为日军在鲁南地区的重要据点之一。1941年起，日军先后进行了多次"治安强化运动"，进行了残酷的军事"扫荡"和"蚕食"封锁。仅1941年至1942年，日军对山东抗日根据地进行的千余人的"扫荡"就达七十多次，万人以上的"扫荡"有九次。在日军的打击和引诱下，一些国民党军队投敌，处于日、伪、顽军进攻下的山东抗日根据地进入了最困难的时期。

1943年初，日军集结重兵对鲁南抗日根据地进行了"扫荡""蚕食"和封锁。郯城之敌亦倾巢北犯，向鲁南根据地进攻，城中只有一支日军小队和一部分伪军把守。八路军第一一五师政委罗荣桓及时看到了这一有利战机，决定立即攻占日军在鲁南推行"治安强化运动"的重要堡垒——郯城。代师长陈光带领教导二旅旅长曾国华、政委符竹庭亲临前线指挥，主攻部队系教导二旅的四团和六团。

攻城之前，为了牵制和迷惑敌人，我军组织数千民兵与八路军少数主力配合，日夜围攻醅大庄据点，以吸引日军。同时，组织群众摧毁了临郯公路，阻断了敌人的交通。1943年1月18日夜间，八路军第一一五师教导二旅在代师长陈光、旅长曾国华、政委符竹庭的指挥下，连夜行军四十多公里，隐蔽地向郯城东面的马陵山区进发。1月19日深夜，攻城部队直奔郯城，开始围攻该城。

六团迅速占领了城南关，炸开了第一道城门，但里面仍然有一道大门挡住了围攻部队的进路，攻城部队受阻。两天两夜过去了，战斗进展缓慢，来自马头镇的增援敌人出动，守城之敌开始释放毒气弹。紧急情况下，曾国华、符竹庭决定集中轻重火力，在南门和东门的炮楼之间实施关键突破。

各团的轻重机枪和迫击炮猛烈开火，掩护六团八连在外壕上架设木桥，然后架设云梯登城。四名登城战士被击中，第五名战士张桂林机智地向城里扔了几枚手榴弹，趁着浓烟飞身登城，其他突击队员紧跟着登上城头。与此同时，四团三营突破了北门，向纵深发展。日伪军被打得节节败退，龟缩至郯城县府大院和相邻炮楼，负隅顽抗。我军强攻县府大院，俘虏了二百多名伪军和伪政府人员。此时，只剩一座被日军占据的炮

郯城战役中向八路军投降的日军官兵

楼没有攻下。工兵把炸药绑在竹竿上，送到日军的炮楼射击孔，将最后顽抗的大部分日军炸死，其余七人被抓住。到上午10时，攻城战斗基本结束。我军乘胜追击，先后拔掉了马头、红花埠、大圩沟等十八处日伪据点，将日军后方搅成了一团乱麻。

对沂蒙山区和临沭地区进行"扫荡"的日军被迫全部撤退。

在郯城战役中，毙伤日伪军103人，俘日军7人、伪军419人，缴获机枪2挺、掷弹筒2个、长短枪579支、汽车4辆和其他大量军用物资。在此次战斗中，教导二旅和地方武装共有91人伤亡。郯城战役是八路军在山东敌后运用"敌进我进"的"翻边战术"攻城的典型范例，是八路军和沂蒙人民坚持敌后抗战的一个伟大胜利。当时，《大众日报》发表了题为《庆祝我军新年大捷》的社论。

6. 十七壮士魂断和尚崮

坐落在沂蒙山区的众多山崮，在兵荒马乱之年是当地民众躲避灾难的场所，在抗日战争和解放战争时期又是浴血奋斗的战场。这里的每一座山崮，几乎都流淌过烈士的鲜血，和尚崮就是其中之一。

1941年，时值抗日战争最艰苦的岁月。日军对沂蒙抗日根据地进行了"铁壁合围"式的大"扫荡"。面对大"扫荡"，沂蒙抗日军民同仇敌忾，谱写了浴血奋战、英勇不屈的动人篇章。发生在沂南县和尚崮的激烈战斗，残酷悲壮，永载史册。

和尚崮坐落于山东省沂南县孙祖镇西北12.5公里处，海拔约为 422 米，面积为 1 平方公里。因崮顶状似僧帽，俗称"和尚崮"。和尚崮山势陡峻，且被野猪山、石旺崮等山包围，为兵家必争之地。

1941 年 12 月 3 日，奉上级命令，山东纵队第二旅第四团政委刘仲华率第三营去接八路军山东纵队政委黎玉，研究部署反"扫荡"事宜。当天晚上，经过急行军，三营从沂南县孙祖南的小南峪村到达了岸堤南面的艾山，决定在此驻扎一晚。

12 月 4 日拂晓，我军战士聂振田在村西岭上突然遭到数百名日军的偷袭。聂振田发现后立即开枪反击，一时枪声大作。刘仲华立即派通信员联系三营下属的九连、十连，让其速速赶来支援。但没想到这两个连已被日军合围，命令无法传达。刘仲华遂带领七连、八连向岸堤方向突围。

这时，与营部失去联系的九连、十连正在副营长秦鹏飞的指挥下，向东边的和尚崮方向突围。突围过程中在村东与日军遭遇，双方隔河激战。日军在河西岸架起了掷弹筒，用机枪向八路军猛烈射击，当即有数名战士牺牲。战士们边打边撤，经过一个多小时的激战，撤至和尚崮西侧山脚下。

经过侦察，秦鹏飞很快发现，从孟良崮北侧的河北村、南瓦庄一带迂回的日军已抢占了和尚崮东南侧的制高点，这样就截断了部队的东撤之路。发现敌情变化后，秦鹏飞决定改变方向，由和尚崮西侧的深沟向西北方向转移。但此时山沟里正隐蔽着沂南行署机关人员和两千多名群众，他们需要部队保护。为掩护他们突围，秦鹏飞果断命令九连一班、二班抢占和尚崮西侧的无名高地。没想到的是，在一班、二班占领了阵地后，从铜井、界湖据点出动的日军已从东北方向越过和尚崮，向无名高地发起了猛攻。在敌我力量悬殊的情况下，这两个班的战士全部壮烈牺牲。

山沟里的群众还没有完全转移出去，日军就已占领了西侧制高点，秦鹏飞部也由此陷入了三面受敌的危险境地。在这生死关头，秦鹏飞命令部队扔掉背包，脱掉上衣，立即突围。他大声喊道："同志们，咱们一个连也好，一个排也好，一个班也好，每一个战士也好，这里是我们的死地，冲出去就是活路！"在秦鹏飞的带领下，八路军战士们端着刺刀，扛着机枪，提着手榴弹，勇敢地向和尚崮发起了冲锋，终于夺回了被日军抢占的制高点，但我军也有三十多名战士为此牺牲。

12月4日上午，在救援部队的掩护下，大部分群众冲出了敌人的包围圈。可是八路军战士们手里早已没了子弹，战士们红着眼睛，拿着刺刀与敌人展开了残酷的肉搏战。连长孟有三的双腿被打断，他坐在地上挥着大刀砍向敌人……一时间鲜血四溅，整个和尚崮被染成了红色。

战斗到最后，只剩下了十七名八路军战士。敌人从三面包围了他们，嘴里喊着："捉活的，一定捉活的！"战士们退到悬崖边上，秦鹏飞将手里的枪支狠狠地往山石上摔去，高声喊着："同志们，我们的任务完成了，我们对得起父老乡亲了！"然后纵身跳下了悬崖，其他战士也学他的样子，相继跳了下去。

这次战斗，我军战士共172人，除4人成功突围，4人受伤后被群众救出外，其余164人全部壮烈牺牲。同时遇难的还有当地群众100余人。战斗结束后，成功转移的群众打扫了战场，他们一边掩埋烈士的遗体，一边悲痛得放声大哭。那些牺牲的战士在寒冬腊月穿的却是破烂的单衣，有人甚至还光着脚。不少战士肠子都被打了出来，里面一粒粮食也没有，全是谷糠、花生皮、地瓜秧……

对强敌而不惧，临死神而不屈，牺牲的这些八路军战士用鲜血和生命诠释了"人民子弟兵为人民"的忠诚与可靠。血与火的战场练就了沂蒙壮士的铮铮铁骨，那一座座昂然屹立的褐色山崮如同一个个壮怀激烈的勇士，构筑了沂蒙巍峨的脊梁。

（三）热血情怀

八百里沂蒙，最鲜艳的那一片红就是沂蒙英烈所洒下的热血。无数英雄儿女为了革命的胜利抛头颅，洒热血，为沂蒙根据地的解放事业做出了应有的贡献。沂蒙军民面对侵略者的暴行，毫不畏惧，坚决抵抗，他们与侵略者斗智斗勇，威震敌胆。在沂蒙这片红色的沃土上，党政军民用忠诚和热血写就了同仇敌忾、视死如归的壮丽篇章。虽然这些故事已过去近百年，但这些故事没有因岁月流逝而黯淡，而且随着历史车轮的前进，革命岁月的故事更加熠熠生辉。

1. "活着的烈士"韩成山

1947年春，山东省沂水县举行了一场规模较大的追悼会，悼念在刚刚结束的黄崖山阻击战中英勇牺牲的战士们。华东野战军八纵二十四师七十团三营七连以少敌多，完成了阻击国民党王牌部队七十四师两个团兵力的进攻、歼敌六百多人的壮举。而七连的战士们除少数几人失踪外，其余全部阵亡，其中负责坚守主峰的一排与敌军对抗到弹尽粮绝时，仅存的六名战士选择了集体跳崖，他们的名字也全部被刻在了华东烈士陵园的墓碑上。令人意想不到的是，三十年后墓碑上的其中一名烈士，竟然"死而复生"了。经过当年的战友辨认，他正是一排的卫生班副班长韩成山。

1947年初，我军在鲁南反击国民党的战役中，歼敌五万余人，获得了巨大胜利。三个月后，国民党军队卷土重来，调集三个兵团、十三个整编师，向山东中部进犯。遵照党中央和毛主席的战略部署，华东野战军派出了小部分兵力从正面阻击敌人，其他主力军从侧翼围歼盘踞在泰安的国民党第七十二师。韩成山作为八纵二十四师七十团三营七连一排卫生班的副班长，随队去执行正面阻敌的任务，为大部队争取作战时机，同时负责掩护群众转移。

4月26日凌晨，七连的战士们趁天还没亮，奔袭至二十里以外的黄崖山。阵地刚刚布置好，炮弹就从头顶和正面两个方向飞来。敌军出动四架飞机和两个炮兵营一起开火的同时，另一个营向山顶发起了猛烈冲锋，善于打硬仗的七连很快就将敌军打退了，随后敌军又增加了一个营，顽强的七连又顶住了敌军的进攻。无计可施的敌军只能继续增加兵力，派一个团从正面冲锋，另一个团从侧后方夹击。七连再一次展现出了顽强斗争的精神，连续将两个团的敌人打退了七八次。但由于兵力悬殊，七连伤亡十分惨重，子弹也基本打光了。

当敌人第九次往山上冲时，发现山上的枪声已经断断续续，他们明白我军的人员和弹药都已经所剩无几，所以有人开始喊："抓活的。"主峰上的一排排长朱际昌看了看身后仅存的五名战士，知道已经无法抵挡敌人，于是命令韩成山搜集阵亡战士的枪支，将其全部扔到了 480 米高的山崖下。他说："决不能给敌人留下一枪一弹。"然后六人达成一致，战斗到最后一刻，宁死不当俘虏！

韩成山扔完枪，开始搬起石头往敌人的方向砸去。朱际昌忽然发现旁边牺牲的战友身上有一颗还没用的手榴弹，他边拉弦边向身后的五位战友说："同志们，跟我一起跳，共产党万岁！"他说完就将手榴弹投掷了出去，然后纵身一跃，第一个跳了下去。其他战友也相继跳了崖，其中一名战士的双腿受了重伤，要求韩成山带他一起跳崖，于是，韩成山背起这名负伤的战士也跳了下去。

战争结束后，部队为了悼念在战争中牺牲的同志们，在山东省沂水县召开了追悼会。当人们得知朱排长带着五名同志是跳崖牺牲的时，所有人都为之动容。为了纪念这些英勇牺牲的战士，他们的名字还被刻在了华东烈士陵园的石碑上，当然，韩成山的名字也在其中。

然而所有人都没想到，韩成山跳崖后并没有死，他被半山腰的一棵树给拦住了。由于受到强烈的撞击，他背上的战士当时与他分开了，掉下了悬崖，而韩成山则是挂在了树枝上，直到第二天才醒过来。

　　韩成山醒来时，已满身是伤，他带着满身的伤往山下爬。在半山腰上看到两名战友，他喜出望外，但爬到战友跟前时发现，他们早已经没有了呼吸。因为还能听见敌人的声音，所以韩成山只能爬到草丛里躲了起来。当时他已经一天两夜没吃一口饭，没喝一口水，韩成山感觉嗓子里像冒火一样干渴，但周围又没有水，情急之下，他挤出一点儿带血的小便，然后在手边拔了几棵干草根一起吃了下去。不一会儿他又昏迷了过去，当他醒来时，发现自己已经躺在了一块大石头上，身边多了一位白发老人。

　　原来，当天他昏迷后，当地一位七十多岁的老人上山砍柴路过那里，发现韩成山受伤后，立即艰难地将他背到一个大石洞里藏了起来。这位老人叫石贞文，他把韩成山照顾得无微不至，不仅连续不断地为他煎了七十多天药，而且为了躲避敌人的搜查，还背着他更换了四个地方。韩成山能撑着拐杖下地后，便急迫地告别了老人，寻找自己的部队去了，但他走了七天七夜都没有打听到部队的消息。无奈之下，只能回到了自己的老家沂南县蒲汪区赵家汪村。

　　韩成山回到老家后，并没有放弃寻找部队，他到处写信，可是始终没有任何消息。乡亲们也劝韩成山道："赶紧去找部队，找到后能给你安排工作，总比你在村里给人看病强。"

韩成山想到自己的腿已经无法上战场，即使找到部队也只可能给大家拖后腿，所以最后毅然决然地放弃了寻找部队，安心在山村里做起了"土医生"。

新中国成立后，随着当年清楚韩成山情况的老乡们的减少，有人开始对韩成山的身份产生怀疑。人们知道他当过兵，但他既没有残疾证明，也没有复员证明，因此二十多年来他一直被怀疑是逃兵。韩成山虽然心里委屈，但他并没有向任何人辩解，只管给别人治病，其他一律不回应。他只这样劝自己："跟我一起并肩作战的那么多战友都牺牲了，而我还能活着亲眼看到新中国成立，知足了。"

1977年，一位名叫刘楹厚的部队离休干部重游了当年的黄崖山战场。他当年是七连的机枪班班长，由于在战场上昏死了过去，躲过了敌人的追击而幸存下来。他知道当年有六名战士跳下了悬崖，部队找了几次也没什么消息，这次他又来到了悬崖脚下，跟老乡们打听当年的事情。由于已经过去了三十年，只有一些老人还依稀记得那件事。后来他打听到了石贞文后人的家中，才知道韩成山当年跳崖后获救了，而且回了老家。

于是，刘楹厚又连夜赶到了韩成山的老家，非常幸运的是，韩成山依然健在。刘楹厚立即将这个情况报告给了韩成山当年所在的部队，部队首长接到三十年前就已经牺牲的烈士"死而复生"的消息后，非常重视，马上乘专车到韩成山老人家中看望。随后还把老人接回部队做了几十场报告，韩成山为官兵们讲述了自己当年的经历。此后，人们才清楚了韩成山老人的经历。因为他的名字当年被刻在了烈士陵园纪念碑上，所以大家亲切地称呼他为"活烈士"。

在中华民族争取民族解放、实现民族伟大复兴的历史进程中，涌现出了许许多多像韩成山这样深藏功名的英雄。他们饱含一颗爱国之心，无怨无悔地用自己的脊梁扛起了保家卫国的使命。在奔赴沙场的那一刻，他们就已经将生死置之度外了。这些人，或许是倒在了冲锋陷阵的途中，或许是倒在了敌人的屠刀之下。他们的姓名或许无人知晓，但他们的革命精神永远激励着我们不断前进。

2. 战斗英雄何万祥

在沂蒙根据地的发展过程中，有无数的英雄人物将自己的生命奉献给了这片红色的沃土。其中有一位骁勇善战、屡建奇功的连长，他就是智勇双全的战斗英雄何万祥。

何万祥是甘肃省宁县人，1931年参加红军，1936年加入了中国共产党，后随军东渡黄河。1937年参加了平型关大战，1938年随八路军第一一五师进驻了山东抗日根据地。何万祥先后担任第一一五师教导二旅六团特务二连连长、滨海军区六团一营二连连长，他一生参加过的战斗有四百余次，在战斗中先后负伤五次。在东渡黄河、鲁南反顽、甲子山、赣榆、石沟崖等战役中立下了许多功勋，被授予"渡河英雄"和"战斗英雄"等光荣称号。

在攻占甲子山的战斗中，何万祥胆大心细，出奇制胜，让敌人胆战心惊。当时，甲子山一带流传着这样的民谣："何万祥，硬邦邦。有计谋,拼命郎。顽匪闻风吓破胆,跪求万祥喊爹娘。谁的良心喂了狗,出门必遇何万祥。能活一日不到头,天黑之前见阎王。"

1943 年在攻占郯城的战役中,何万祥更是展现出了他的勇敢和顽强。这一年第一一五师突破敌人的重重封锁,长途奔袭至郯城县城。在这次战斗中,何万祥连担任的是阻击任务。在阻击敌人援军的过程中,何万祥连面对的是从马头镇赶来增援的一个日军中队和四百多个伪军,而何万祥带领的阻援战士只有五十三人。兵不在多而在精,狭路相逢勇者胜。虽然敌人的数量超过他们人数的好几倍,但是何万祥毫不畏惧,他带领战士们击退了敌人的三次轮番冲锋。在敌人步步逼近和弹药即将耗尽的危急时刻,何万祥大喊一声:"冲啊!"他光着膀子,端起刺刀,旋风般地向敌人扑去,连续刺倒了好几个日军。经过两天两夜的激战,郯城被我军攻克。何万祥率领战士们连续四次击退了前来增援的敌人,为战斗的胜利赢得了宝贵的时间。

1943 年,伪"和平建国军"第七十一旅李亚藩部"蚕食"沂蒙根据地。这年 11 月,滨海军区司令员陈士榘、政委符竹庭执行山东省军区罗荣桓司令员的指示,配合鲁中军区反"扫荡",里应外合攻取赣榆城,拔掉这颗顽钉。何万祥带领二连担任突击城门的任务。何万祥让侦察班战士带领内线刘连成去执行任务,自己带着爆破组紧随其后。他们利用敌军中的内线里应外合,计取城门。何万祥高喊着"前进"的口令,率先冲进城内,并迅速向伪军扑去,一举抓获了敌伪营长谢秃子。敌人企图阻止八路军继续攻城。为保证战役计划顺利进行,何万祥带领战士们不断地投掷手榴弹，继续往前冲。在手榴弹爆炸的火光中，敌人的机枪手被击毙，何万祥马上冲过去，抓起那挺机枪向敌人扫射，敌人被打得溃不成军。战斗结束后，滨海军区对以何万祥为代表的四十七位战斗英雄进行了表彰。

1944年1月底，滨海军区部署的歼灭汉奸朱信斋的战斗打响后，何万祥所在的连队奉命攻打日照与莒县交界处的伪军据点石沟崖。为了鼓舞士气，何万祥对全连战士高喊道："同志们，考验我们的时候来到了，冲不开这个鬼寨子，决不下战场。"何万祥在机枪班的火力掩护下，充分利用有利地形作为掩护，避开了铁丝网的阻拦，机敏地冲进了外壕，迅速地跳到了对面壕沟沿的半腰，他连续向敌人投掷了多颗手榴弹，攻克了敌人的一个又一个掩体。在靠近敌人的地堡时，他把两颗手榴弹迅速地扔进了地堡，把敌人消灭在了地堡里，然后他又让跟上来的战士进入地堡掩护他前进。然后，他用同样的办法占领了其他地堡，将朱信斋部从东南角逼进了西北角。为了活捉垂死抵抗的汉奸朱信斋，何万祥指挥战士在炮楼下点燃掺有干辣椒的柴火，滚滚浓烟顿时涌进了炮楼，又辣又呛，熏得敌人四处乱窜，"烟攻"战法使朱信斋束手就擒。我军胜利拔除了群众的眼中钉石沟崖据点。石沟崖战斗结束后，山东省军区授予二连"战斗突击队"的称号，授予何万祥"战斗英雄"的称号。

1944年，何万祥所在的二连奉滨海军区的命令，参加了鲁中军区组织的第三次讨伐吴化文的战役。吴化文部在遭我军连续打击后收缩兵力，重兵防守博沂公路东侧的险要据点大泉庄一带。何万祥率领连队到达指定位置后，先切断了敌人的电话线，天亮前便投入了战斗。何万祥带领战士突破鹿寨进入了围墙内，俘虏了二十余名敌军，并缴获了一些武器弹药。这时，敌人的机枪又开始了疯狂的扫射，排长高英忠不幸中弹牺牲。何万祥看到高排长倒下后，振臂高呼道："同志们，炸掉敌人的重机枪，为高排长报仇！"他端着匣子枪箭一般地冲向炮楼。此时，敌人已败退到炮楼的最上层。何万祥一连扔出四颗手榴弹，并借着爆炸的硝烟往上冲。此时，侧面地堡里射出的一颗冷弹击中了他的头部，年仅二十九岁的何万祥壮烈牺牲。

何万祥牺牲后，他的连队被命名为"何万祥连"，沂源县抗日民主政府将老虎山命名为"万祥山"。何万祥虽然牺牲了，但是他所具有的信念坚定、敢于斗争、不怕牺牲的精神却影响着一代又一代的革命军人。今天我们要在新时代强军目标的指引下，继续传承好何万祥的英雄精神，使人民军队在这一精神的感召下成长为世界一流军队。

3. 刘玉梅勇闯敌巢

刘玉梅，1904 年出生于山东省沂南县双堠乡龙口村一个贫苦的农民家庭。她的父亲给本村地主刘善堂种地，由于长年劳累，身染重病，在刘玉梅八岁时便早早离世。家庭的不幸和生活的困顿，使刘玉梅过早体会到了生活的艰辛。为生活所迫，十五岁的刘玉梅只得到地主家当丫头，期间受尽苦难。在十七岁那年，她嫁给了沂南县青驼镇南宅子村的贫苦农民王连友。婚后，两人靠开面食铺维持生计。

刘玉梅

1937年"七七事变"后，日军大举侵略中国，战争烽火遍起。1938年，日本强盗的魔爪伸向了沂蒙山区。4月，日军侵占了临沂城，到处烧杀掳掠，无恶不作。为了开辟抗日根据地，1939年下半年，八路军山东纵队派出工作团来到青驼镇一带，宣传共产党的主张、抗日救国的道理。这期间，刘玉梅经常到处听讲演，听报告，常常深更半夜才回家。日子长了，她逐渐接受了党的主张。平时，战士们经常帮着她挑水、碾米、磨面，这使她感受到了共产党、八路军的可亲可敬，也更坚定了她投身革命的信心。当工作队里的一位女同志来到她家动员她参加抗日活动时，刘玉梅高兴得一夜都没睡好。第二天，便学着工作队的同志挨门挨户地做起动员妇女的工作来。后来，村里成立了妇救会，刘玉梅被选为妇救会会长。从此，她的工作热情更加高涨。村里组织民兵支前、做军鞋、收兵工原料等，她都第一个站出来，成了一名活跃的革命积极分子。

青驼镇处于临沂北的临蒙公路上，日军占领临沂后，这里成了沂蒙抗日根据地的南大门，战略地位非常重要。为了巩固抗日根据地，守住南大门，部队决定利用刘玉梅夫妇开设的面食铺作为掩护，在这里建立秘密联络点。刘玉梅欣然接受，并担任了联络员。根据上级组织的安排，刘玉梅穿梭在日伪横行、据点林立的青驼地区，不论是潜入汉奸周围观察敌情，还是一次次同我党地下人员接头，她都胆大心细、出色地完成了任务。她传送情报的方式多种多样，有时装作走亲戚，有时装作外出送货，有时把纸条放在竹筒里，有时放在发髻里，有时放在鞋底的夹层里，从没出现过差错。

1941年秋，日军在青驼镇周围安设了据点，在青驼街设立了"剿共队"、伪警察所、伪乡公所，加强了对这一带的控制，形势变得越来越紧张。为了更准确地掌握敌人的情报，上级决定让刘玉梅打入敌人内部，担任伪庄长，同敌人开展斗争。刘玉梅利用伪庄长的身份，出入日伪据点，将情报源源不断地送往我军。

一次，刘玉梅从伪警察所得知，日军从临沂开来，傍晚在青驼吃饭，之后要夜袭我军驻扎在孙祖镇的部队首脑机关。她听后心头一沉，不顾个人安危，拿起口袋摸起秤，装作收粮的跑到了镇南的蒙河岸边，在日军和伪军的必经之路桥北头等着。当敌人车辆开过来时，她默默地数着日军、汉奸的人数，并牢牢记下了马匹、火力情况。日军和汉奸过去后，她火速一路向北，翻山过岭，连夜抄小道奔向下一个交通站邵家峪，将情报及时送给了交通站的同志。当夜，我部队机关得到情报后刚刚转移，敌人就扑了过去。幸亏情报传送及时，我军才避免了一次重大伤亡。

从1940年到1942年，虽然青驼一带处在敌占区，但是由于我们在这里建立了地下情报网，获得的情报准确，再加上群众基础好，青驼日伪据点的敌人多次遭到我军的沉重打击。到

1943 年，其嚣张气焰一落千丈。此后，大部分伪军、汉奸不敢再明目张胆地行凶作恶，有些甚至开始考虑自己的后路。

1943 年秋，党组织决定利用刘玉梅伪庄长的身份打入青驼镇伪警察所，搜集敌人的情报，瓦解敌人。当时，伪警察所有位姓张的所长，是刘玉梅争取的主要对象。刘玉梅以常接触、细观察、多考验的方式做通了张伪所长的工作，让他不断地把情报传递出来。

一次，张伪所长带着几个伪军进村催粮、要马草，在刘玉梅家里正巧碰上了我们的侦察人员，伪军见状立时惊恐万状，拔出枪准备动手。这时刘玉梅不慌不忙地用眼角示意了一下张伪所长，他立时领悟，走上前赔着笑，说道："不要误会，都是自己人。"之后招呼伪军出了大门，化解了险情。还有一次，刘玉梅在青驼镇东南湖正与伪警察所的黄永三接头，恰巧十几个伪军由张伪所长带着来此巡逻，碰上他俩正在交谈。为了麻痹伪军，张伪所长借口有情况，带着队伍撤回了据点。事后，他又分给伪军每人一双鞋钱，以安定人心。

当瓦解敌人的工作趋于成熟时，刘玉梅及时向上级做了汇报。为了进一步摸清敌伪军的底细，县委研究决定，派沂南县公安局局长娄家庭到刘玉梅家，同张伪所长进行一次详谈。娄局长在刘玉梅家对张伪所长进行了一番"抗日救国，中国人不打中国人"的教育，详细询问了所里伪军的思想情况。最后，娄局长握着张伪所长的手，说："爱国不分先后，你们弃暗投明，往后就是自己人了。"张伪所长激动地说："这应该感谢王大嫂（刘玉梅），是她给我指了一条光明大道，我一定将功赎罪，争取立功。"1944年春，青驼镇伪警察所的三十多名伪军在张伪所长的带领下投诚。这次行动极大地鼓舞了广大军民的斗志，有力地震慑打击了敌人，使之于同年8月不得不放弃青驼镇，狼狈逃窜。

战争年代，刘玉梅不顾个人安危，多次打入敌人内部搜集情报，有力地打击了敌人。1947年3月，国民党部队向山东解放区发动了进攻，青驼镇南的仁义庄、磨石沟一带驻扎了国民党队伍。遵照县委的指示，刘玉梅继续留在敌占区做地下联络工作，直至新中国成立。新中国成立后，刘玉梅在村里从事妇女工作，一直到六十多岁才退休。1988年1月9日，刘玉梅老人去世。

4. 赵传春送情报

赵传春，1902年生，沂水县王庄乡柳树头村人。她从小过着饥寒交迫的生活，历尽磨难。抗日战争爆发后，赵传春的丈夫岳洪春是王庄区第一任民主政府区长，因此，她的家也就成了共产党地下工作人员秘密活动的联络点。同志们在她家常来常往，她总是热情周到地招待，从不嫌麻烦。

1941年冬天，日军集中兵力对沂蒙山区根据地进行了残酷的"铁壁合围"式大"扫荡"，实行"三光"政策，妄图一举扑灭抗日的烽火。柳树头村的人民积极响应党组织的号召，行动起来，进行反"扫荡"斗争。此时，王庄区一带形势急剧恶化，附近村子又成立了地主汉奸武装——"沂蒙队"，他们杀害了区指导员李松，还四处张贴告示，扬言要捉拿岳洪春，杀绝他全家。敌人还编排了活捉岳洪春全家的说唱节目在四乡集市演出，并悬赏两千块大洋捉拿赵传春。

根据形势的变化，柳树头村党支部立即召开了秘密会议，研究保护赵传春和三个孩子的措施。赵传春和三个孩子被转移到了赵家庄。没过几天，敌人来到赵家庄逐家搜查。从敌人口里得知，汉奸武装已将我区中队包围，待调集来大部队就动手。赵传春得到这一情报后，把三个孩子安排好，就去了龙湾村找区中队。她借了一对新绣的花枕头，买了几个牛肉包子和一块油炸白鳞鱼，用竹篮子挎着，装扮成送婚礼的，就匆匆上了路。十四公里的山路，她顾不得休息，一口气来到了龙湾村的邻村桑树峪。就在她低头赶路之时，突然从路边的柿子树上跳下一个伪军，伪军用枪指着她，问道："干什么的？"

赵传春赶紧回答道："俺姑家是桑树峪的，俺表妹出嫁，俺是去给添箱子的，送去就回来，俺家里还有吃奶的孩子哩。"

这时，又围上来四五个伪军，他们搜查了赵传春全身，又叫她解开了裹脚带子，连篮子底下都翻着看了看，没有发现什么。一个伪军说："快去快回。"

赵传春刚要走，突然一个伪军猛地把刺刀压在了她的脖子上，说："你不是走亲戚的！"

赵传春镇静地说："军官，你就是杀了俺，俺也是走亲戚的。不信，你跟着俺去看看。"

敌人没有发现任何破绽，只好放她过去。

赵传春刚走到村头，又遇上了敌人的第二道岗哨。敌人盘查得更加严格，还问她婆家是谁，姑家姓什么。对于敌人的盘问，赵传春不慌不忙地一一予以回答。伪军们基本上都不是本地人，见赵传春回答得非常顺畅，也就没有起疑心，而且她又不是去龙湾村的，因此就放行了。赵传春挎起篮子的时候，仔细地观察了一下，发现敌人用红绸子掩盖着两挺机枪。她进了桑树峪，转了几个圈，趁敌人不注意，就赶紧顺着路沟向龙湾村的方向走去。靠近龙湾村时，她又遇到了敌人的第三道岗哨。十几个敌人一边翻她的篮子，一边进行盘问。恰巧在这个时候，有个给区公所供煎饼的农户，挑着煎饼正要进村，被敌人发现了。敌人一喊，他撂了挑子就跑，十几个敌人便都跑去追赶，赵传春便趁机转路进了村。她及时把情报送给了区中队。

区中队在接到赵传春送来的情报之后，便立即制定了夜间突围计划。他们白天照常进行操练，故意迷惑敌人，等到夜幕降临，区中队便依据白天侦察好的线路，秘密进行了转移。在区中队安全跳出敌人的包围圈后，人们都由衷地夸赞赵大嫂的勇敢和机智。赵传春被誉为"红嫂"式的人物。

5. 爆破女英雄公成美

革命战争年代，有一位巾帼不让须眉，用轰隆隆的地雷爆破有力地打击了敌人。她就是在革命战争年代被授予"地雷爆破模范"称号的公成美。她是一位威震敌胆的"爆破女英雄"。

公成美，沂南县岸堤镇东北村人，1945 年加入了中国共产党。公成美姐妹六个，因为家里穷，她十六岁便到王景会家当"童养媳"。年轻的公成美参加了识字班,接受了党的主张,成为当地拥军支前的积极分子。公成美作为识字班班长,又是青妇小队队长,什么工作都做在前头,整天歌不离口,不知道什么叫苦、什么叫累。那时村里的年轻女性每天上午上识字班,公成美吹着哨子,挨门挨户地叫大闺女、小媳妇去学两三个小时。上级派下来做军衣的任务,公成美就组织识字班成员,用小推车把剪好的布推回村,每个组分一分,把衣服做好后再送回部队。她组织识字班轮流站岗,两个人一班,一个扛枪,一个扛大刀,担负起了村里的保卫工作。部队驻扎在东北村的时候,公成美给战士们烧热水、煮饭。夜行军时,她们给部队带路。村里分下来烙煎饼的任务,公成美就晚上挨家挨户去动员,最后超额完成了任务。

1944 年,公成美被任命为村女地雷爆破队队长。在村党支部的领导下,她组织四十名年轻妇女成立了地雷爆破队。她们跟村民兵队长吴殿信学习爆炸技术。吴队长教她们把圆圆的地雷穿上线,埋进四十多厘米深的地里,隔几十米埋一个。刚开始学习制造地雷时,公成美她们心里直打鼓,特别是埋雷时,生怕操作不当引发误炸。但一想到日本侵略者的暴行和汉奸为虎作伥的罪行,她们就很是痛恨。怀着满腔的爱国热情和报国的赤诚之心,在敌伪频繁"扫荡""清剿"的间隙,公成美和她的队员们冒着生命危险,勤学苦练,终于学会了制造地雷、埋设地雷和拉响地雷等技术。她们不但熟练掌握了一般地雷的使用方法,还创造发明了手雷、拉雷、撬雷、拌雷、铁雷、皮雷、地老鼠雷、头发雷等十几种杀伤力较强的地雷。

1941 年冬天，日军纠集数万匪众，进犯我沂蒙山区。一天，公成美接到上级的通知，日寇要进犯东北村。公成美立即通知全体队员，研究就地埋设地雷痛击日寇的办法。队员们都满怀信心地表示道："好不容易有了用武之机，该是我们大显身手的时候了！日军、汉奸若是敢进村，就叫他们有来无回，也让这些强盗领教一下咱们姑娘的厉害！"第二天黎明，东北村的民兵护送群众上山后，地雷爆破队队员们把村里、村外、院内、巷口、门上、门下都布满了地雷。到了中午，日寇、汉奸数百人气势汹汹地向东北村袭来。刚一进村，走在前面的几个日军和汉奸就被连环雷炸得血肉横飞，尸骨不存。其余敌人见势不妙，抱头鼠窜。东北村在地雷阵的保护下安然无恙。

在历次反"扫荡"中，东北村女地雷爆破队屡建奇功。从 1945 年到 1947 年，在县区召开的几次英模表彰大会上，东北村多次受到表彰，并被授予"地雷爆破英雄村"的称号，公成美被授予"地雷爆破模范"的光荣称号。在鲁中军区召开的县级比武大会上，公成美、田正英、赵桂琴和李秀英四位女将当场做了埋地雷的示范表演，荣获"先进爆破集体"的称号。鲁中军区还赠给她们一个大匾，上面写着"爆破模范"四个大字。公成美所领导的女地雷爆破队名扬沂蒙大地。

公成美不仅亲自上场埋雷杀敌，还积极响应党的号召，动员亲人参军。参军就要夫妻分离，上前线就可能死伤，但是革命需要大家的参与，没有人参军怎么取得革命的胜利？公成美没有犹豫，在县里召开的征兵大会上表了决心，要带头参军，于是她的丈夫第一个报了名。公成美的带头行为调动起了东北村青年的参军积极性，全村十一人参军，王景会当了班长。东北村一次参军带动一个班的消息，很快就在全县传开了。参军的青年要走了，公成美和识字班的姐妹们忙着做光荣花、做慰问袋。公成美对王景会说："家里的事你放心，我会照顾好公婆。在外面，工作我也不会落后，你一定不要挂念，不会给你丢脸的。"

丈夫参军后，公成美在家里照顾公婆，承担起了繁重的体力劳动；在外面，她组织村里的妇女同志拥军支前，苦练地雷爆破技术，积极完成上级下达的支前任务和作战任务。就这样，公成美的丈夫一走就是五年多。1950 年，王景会牺牲在了朝鲜战场上。如果没有王景会这样的千千万万人的牺牲，就没有我们今天的幸福生活。为了照顾丈夫的父母，公成美在王家待了十五年才改嫁。

新中国成立后，公成美长期担任村干部，积极为党工作。她的一生，是沂蒙革命老区人民爱党爱军、无私奉献的生动写照。

四

无私奉献

革命战争年代，沂蒙人民爱党爱军，不怕牺牲，无私奉献，他们以极大的热情投身到革命事业之中。他们送子、送夫参军，救护伤员，抚养革命后代，为沂蒙根据地的建立和发展，为夺取抗日战争和解放战争的胜利做出了巨大的贡献。沂蒙地区出现了"一门三英""一门四英""母送子""妻送郎""谁第一个报名俺就嫁谁"等感人故事，沂蒙人民用这些朴实无华的语言和行动表达了对党和人民军队的支持。从抗日战争到解放战争期间，沂蒙地区420万人口中，约有120万人拥军支前，约有21万人参军参战，约有10万人血染疆场，沂蒙人民为抗击外来侵略和取得革命胜利做出了巨大的牺牲。

（一）勇担道义

沂蒙根据地党政军民勇担道义，深明大义，伸张正义，谱写了撼人心魄的大义之歌，彰显了中华民族的伟大精神。沂蒙人民用实际行动表达了对国家、对民族的大爱。在粮食短缺的情况下，他们宁愿自己的孩子挨饿，也要喂养好革命后代；在军队兵员不足的情况下，他们将自己的孩子一个一个送到部队。沂蒙人民的无私奉献，极大地推动了革命事业的发展。

1. "百岁红嫂"张淑贞

一位普通的沂蒙妇女，在抗日战争非常艰难的时刻毅然入党。她宁愿自己的孩子挨饿，也要抚养四十多个革命后代。在弥留之际，她依然不改对党的热爱和忠诚。她就是用一生诠释了对党的热爱和忠贞的"百岁红嫂"张淑贞。她是"沂蒙母亲"王换于的儿媳，也是"沂蒙新红嫂"于爱梅的母亲。一门三代红嫂用生命和热血谱写了爱党拥军的壮丽凯歌，彰显了党群同心、军民情深的沂蒙精神。

1914年9月，在沂南县马牧池乡西官庄村的一个贫苦家庭，一个女婴呱呱坠地，她就是张淑贞。长大后，她嫁到了附近的东辛庄。抗日战争爆发后，张淑贞的婆婆王换于接受了党的抗日主张，积极响应党的号召，参加抗日活动。1938年冬，王换于光荣入党，不久又被选为村妇救会会长和艾山乡副乡长，是远近闻名的革命积极分子。张淑贞在婆婆的影响和带领下，做了许多拥军支前的工作，并在1939年3月加入了党组织，为革命战争的胜利做出了自己的贡献。

1939年，沂蒙根据地的革命形势非常严峻，张淑贞一家不惧敌人的"围剿"和威胁，他们家成为我们党和人民军队的情报联络点。当中共山东分局和八路军第一纵队的机关在张淑贞家驻扎时，张淑贞的婆婆王换于看到部队机关带着的二十多个孩子一个个面黄肌瘦，就知道这些孩子在部队行军打仗的过程中没能得到良好的照顾。心疼这些孩子的王换于就向徐向前司令员建议，创办地下托儿所，由托儿所替部队好好照顾这些孩子。上级机关批准了这个建议，并委托王换于负责开办地下托儿所。张淑贞没有丝毫的怨言，主动和王换于一起承担起了照顾这些孩子的重任。在那个物资匮乏的年代，没有好东西滋补孩子，只能靠奶水。当时送到张淑贞家的孩子有几十个，大的七八岁，最小的仅仅出生三天，光靠张淑贞和弟媳的奶水远远不够。张淑贞就和婆婆一起挨家挨户地打听，谁家有正在哺乳的妇女，就给孩子们喂上几口。当时，张淑贞刚刚生下女儿，奶水还是比较充足的，但是为了照顾好革命后代，她就把大部分奶水喂给了托儿所年龄小、体质差的孩子。看着嗷嗷待哺的刚出生的女儿，她强忍着泪水把糊糊汤喂到了孩子的嘴里。家里人忍不住问她，为何如此狠心？淳朴的张淑贞给出了非常诚恳的答案，她说："自家的孩子，没了还能再生养。同志们在前线厮杀，随时可能牺牲，孩子要是没了，恐怕就没有了血脉，咱自己舍上命也不能让烈士断了根儿呀！"孩子的喂养是一个难题，在敌人不断"扫荡"的环境下，保护好这些孩子是个更大的难题。1940年秋天，为了应对日军的"扫荡"，保护好这些托儿所的孩子，在婆婆的带领下，张淑贞家在村后的山岭上挖了一个大地瓜窖子。日军来了就把孩子们藏在窖里，日军走了再把孩子们带出来。为了抚养好这些孩子，王换于和张淑贞付出了巨大的心血。在举办托儿所期间，张淑贞和弟媳舍不得给自己的孩子吃奶。那几年，托儿所先后哺育过四十多名烈士子女和八路军后代，但张淑贞全家先后有四个孩子夭折，其中两个是张淑贞的孩子。

1940 年到 1943 年间，婆婆王换于和张淑贞率领全家发动群众参军参战，发展党员，壮大党的力量。期间，张淑贞还担任了东、西辛庄的妇救会会长，负责岸堤十三个村庄的抗日宣传发动工作。三年多的时间，张淑贞在八个村庄把二十多名村民发展为共产党员，还和婆婆一起积极组织和发动群众拥军支前。她们对驻扎的部队迎来送往，积极接受上级委派的任务，组织群众做军鞋、缝军衣、磨军粮、烙煎饼，为山东省党、政、军领导机关服务，是远近闻名的支前积极分子。

在革命战争年代，张淑贞把对党和人民军队的深情厚谊展现到了极致。在和平年代，她从来没有因为早年的杰出贡献向

2001 年 6 月，革命后代罗东进来到沂南县马牧池乡东辛庄村看望张淑贞老人

党组织提出过任何要求。当党和政府给拥军支前的模范每月发放补贴时，她常常感到不安，认为那些都是应该做的事情。年事已高的张淑贞始终坚守着自己的信仰，播撒着红嫂精神的种子，传承着军民情深的优良传统。她依然不断地做军鞋、纳鞋垫，在党的生日和人民军队纪念日当天献上自己的祝福和心意。在弘扬沂蒙精神的教育活动中，张淑贞以自己的亲身经历，给孩子们讲述了党和人民军队如何把百姓的利益放在第一位的革命故事，讲述了军民情深的动人场景。她以一颗爱党爱军的赤诚忠心，向子女、向社会传递着无穷的正能量。

张淑贞对党的深厚感情影响着家里的每一个子女，她不仅向子女讲述历史，还带着他们做鞋垫，鼓励孩子们拥军。在她的熏陶、引导下，她的女儿于爱梅也走上了拥军之路，成为宣传和弘扬沂蒙精神的先进人物，得到了习近平总书记的赞许。每当遇到困难或者劳累的时候，她就会想起母亲的教导，于是又有了坚持下去的力量。2015年，经沂南县妇联推报，张淑贞家庭被全国妇联评为"全国最美家庭"。2016年，中央文明委开展了第一届全国文明家庭评选表彰活动，张淑贞家庭被评为首届"全国文明家庭"。

2018年12月20日，张淑贞在家中病逝，享年一百零四岁。张淑贞是平凡的，更是伟大的，她用一生诠释了爱党拥军的红嫂情怀。张淑贞逝世后，中央有关领导同志、国家民政部、山东省委省政府和省政协等部门通过不同形式对此表示了哀悼，并向其亲属表达了慰问。"百岁红嫂"张淑贞，是沂蒙精神的忠实践行者和传承者。

2. 一门三烈忠心报国

革命战争年代，先后送三个儿子上前线的沂蒙老人刘永良，用实际行动诠释了"党群同心、军民情深、水乳交融、生死与共"的沂蒙精神。

1891年，刘永良出生在莒南县坊前镇聚将台村一个贫苦的农民家庭。当时土匪横行，军阀混战。他靠打长工维持生计，终年劳作不停歇，但还是常常衣不遮体、食不果腹。后来他学会了吹长号，富人家里办红白之事时，他就去给人家当吹鼓手，靠着微薄的收入养家糊口。1933年夏天，因为土匪栽赃

刘永良

陷害，国民党政府不问青红皂白就将刘永良抓进了监狱，监禁了半年之久。由于官匪勾结，他在狱中受尽了酷刑折磨。家中失去了顶梁柱，悲痛绝望的妻子最终服毒自杀，只留下了三个年幼的儿子。

出狱后的刘永良，看透了国民党政府的腐败，更加痛恨黑暗的社会。1934年，他接受了在该村以教书为名进行革命活动的共产党员曹明楼的教育，懂得了许多革命道理。1937年，日本侵略者的铁蹄踏遍了中国大地，日寇到处烧杀抢掠，无恶

不作，莒南成为沦陷区，老百姓生活在水深火热之中。此时，刘永良更加坚定了革命的信念。1938年，村里成立了党支部，他积极参加抗日活动，带头加入农救会，不久任农救会会长。1940年，八路军第一一五师挺进莒南县，莒南县成为中国共产党领导下的抗日根据地。刘永良积极向群众宣传革命道理，组织群众参军，村里到处都有他忙碌的身影。

1940年春天，八路军在聚将台村组织群众召开了参军动员会。聚将台村还流传着一个激励人心的传说：村北有个土岭，叫作"北台"，相传宋代杨文广曾在此聚兵点将，这也是聚将台村名字的由来。杨家保家卫国、满门忠烈的故事，千百年来一直感动着中国人。在这次动员会上，刘永良第一个为儿子报名参军。这里又巧合地再现了聚兵点将的一幕。这天，接到通知的聚将台村村民和邻村村民，纷纷来到聚将台附近的龙王河边的小树林里。只见台子上坐着七八个人，一位干部模样的八路军讲了日军侵略中国，到处杀人放火，中华民族面临亡国的危险。讲着讲着，他大声问："我们能看着他们杀人放火不管吗？"台下一齐回答道："不能！"接着部队领导又讲了当前的形势，说："现在八路军急需补充兵员，战场上急需拿枪和鬼子打仗的人，凡是符合条件的青年都应积极报名参军，上前线，打鬼子！"这时，刘永良第一个走上了主席台，大声地说："国家兴亡，匹夫有责。国难当头，我们每一个中国人都应该为国出力。我们做父母的都要学习岳母为岳飞刺字的精神——'精忠报国'，把自己的儿子送上前线，杀敌立功。今天，我作为农救会会长，在这里带头为大儿子报名参军。"他的话音刚落，台下便响起了"向刘永良学习""参军参战，杀敌立功"的口号。随后，各村的党员、农救会的成员都纷纷站起来给自己或者儿子报名，许多民兵也走上前去报名。就这样，刘永良十九岁的大儿子刘福林告别了年轻的妻子和其他亲人，奔赴抗日战场。"不把日本鬼子赶走，你就别回家！"在送别的时刻，刘永良这样激励大儿子。在刘永良的带动下，本区参军的人数最多，受到了上级的表扬，当时《大众日报》还报道了刘永良送子参军的事迹。

送走大儿子后，刘永良在农救会工作的劲头更大了，他积极组织会员和民兵站岗放哨，打击日伪军的"扫荡"。1942年，抗日战争进入最艰苦的阶段。看着自己刚满十七岁的二儿子，刘永良盘算着让他也为抗战做些工作。这天，他又把二儿子刘孟林送到了区中队，当着队长的面，他再次嘱咐儿子道："不把日本鬼子赶走，你就别回家！"

两个儿子在前线打鬼子，刘永良在家从事农救会的工作。在他的带动下，两个儿媳妇也都成了妇救会的积极分子，为八路军推磨、碾米、做军衣。在减租减息运动中，刘永良和村干部一道做通了本族一家有地户减租减息的工作，从而打开了全村减租减息的局面。他带头参加了党和政府领导的大生产运动，开荒种地，他还鼓励支持两个儿媳妇参加农业生产，学习纺线织布，支援前线。为了减轻政府负担，他谢绝了政府对他作为抗属给予的代耕代种、免钱粮等照顾。

1947年和1948年是令刘永良刻骨铭心的年份。这两年，他的两个儿子先后牺牲。这对早年丧妻、人到中年的刘永良来说，简直是天大的打击。但是他并没有因此而倒下，这位钢铸一般的沂蒙硬汉很快就化悲痛为力量，又投身到了支前工作中。

1946年，解放战争进入了第二个年头，有"小延安"之称的莒南县开展了大规模的参军参战运动。3月，中共壮岗区委在驻地桃花峪村召开了参军动员报名大会。因刘永良是著名的抗属，区委让他介绍了送两个儿子参军的事迹。刘永良在会上动情地说："1942年我送二儿子参军时，就曾说过一定要抗战到底的话，今天为了全中国的解放，我坚决再把最后一个儿子刘洪林送上前线。"老人没有豪言壮语，有的只是实实在在的行动。

报名大会结束后，本族孙子刘炳田就好心劝他道："我大叔、二叔都当兵走了，三叔刚刚结婚，你就留一个在家照顾你吧！"听了孙子的话，刘永良沉默片刻后，语重心长地说："这个道理我懂，可是国难当头，没有大家，就没有我们的小家。国家保不住，我们就没有安稳日子过呀！"看到刘永良又把身边唯一的儿子送上了战场，村民们深受感动，有六户人家也把亲人送上了前线。邻村付家村也有三名青年在刘永良的感召下报名参了军。1950年，三儿子刘洪林牺牲在朝鲜平安南道价川郡，把热血洒在了异国他乡。噩耗传来，刘永良悲痛欲绝。他心中的苦楚是常人难以想象的，但他毫无怨言，对前来慰问的领导说："只要党需要，我还有孙子，再让他报效国家。"

新中国成立后，在刘永良老人的影响和带动下，他的嫡重孙刘海述继承了先辈的遗志，参军来到了北京武警总队第六支队，成为新时期的一名军人。1990年在天安门广场执勤时，他赤手空拳勇斗歹徒，身中五刀，险些殉国，荣立一等功。刘永良老人的后人再次成为沂蒙山人的骄傲。

1976年，刘永良老人永远地离开了我们。一门三烈忠心报国的事迹流芳百世。他那忠心报国，不为名利，不知索取、只知奉献的精神，永远是我们热爱祖国、建设祖国的不竭动力和源泉！中华民族历尽劫难而不沉沦，几经外侮却终获胜利，靠的就是刘永良父子这样的把民族利益和民族前途放在首位的有担当的中国人。

3. 张志桂的母爱真情

张志桂，一个普通的沂蒙山妇女，家住沂水县王庄乡宅科村。小小的山村坐落在南北两山之间，沟壑纵横，树木茂密，环境幽静。抗日战争时期，无数八路军伤病员就曾在这里隐蔽养伤，这里的人民为革命做出了无私的奉献。

1942年5月，日军又发动了大"扫荡"。一天，县妇救会会长王然匆匆来到张志桂家，进门就对张志桂夫妇说："大哥、大嫂，咱八路军十一团团长陈宏同志有个刚满三个月的女儿。孩子母亲在八路军医院工作，身体不好，没有奶水。最近，鬼子又开始'扫荡'，部队常打游击，医院天天转移，再不找奶水喂养孩子就有生命危险。我再三考虑，送给大嫂养最合适。"

当时，张志桂也生了个女孩，刚满月，母女都很健康。张志桂的丈夫李德是村党支部书记，身份可靠。婆母听后忧虑地望了望儿媳，丈夫看着妻子，也很犹豫。孩子的父母为革命不顾生死，他们理当喂养孩子。可是一旦喂养，顾虑也不少：一来担心养不好，孩子若有个三长两短，不好交代；二来家里三天两头有同志来落脚，吃住都得张志桂张罗，怕忙不过来。可是，张志桂没有迟疑，可能是母亲的天性使然，当她第一眼看见面黄肌瘦的小鲁生时，内心便油然生出一种强烈的疼爱与怜悯，一股热辣辣的滋味涌上心头。她一把抱过小鲁生，三个月大的孩子抱在怀里轻轻的，像一团棉絮，远不及自己那未满月的孩子。她赶忙敞开衣襟，两颗泪珠滴在了孩子的脸上。孩子一入怀便急忙含起乳头，急促地吮吸着，呱呱有声，一连呛了好几口。王然在一旁也泪眼婆娑地说："孩子的娘缺奶水，她自从生下来一次也没饱过呀！"张志桂从那急促的吮吸里感觉到了孩子的饥饿，她想到了鲁生的父母，他们抛家舍业，九死一生，连亲生骨肉都不能照顾，为了什么？还不是为了老百姓，为了更多的孩子过上好日子吗？谁不心疼自己的孩子，把孩子交给别人，那也是万般无奈呀！她对王然说："告诉孩子的父母，让他们放心。"

两个孩子都吃奶，谁也吃不饱。孩子吃不饱，双双啼哭，张志桂心急如焚。她和丈夫商量，既然答应了八路军，就一定要把革命同志的孩子养好。鲁生身子弱，月份大，吃得多些，于是喂奶的时候，张志桂总是等鲁生吃饱了才让自己的孩子吃。自己的孩子只能吃很少一点儿，全靠喂辅食。

晚上，张志桂搂着两个孩子睡。床被尿湿了，她就把孩子放在干的地方，自己睡湿铺。鲁生被抱来不久，就到了伏天，热得睡不着，张志桂就整夜整夜地给孩子扇扇子，自己流一身汗也顾不得擦洗，起了一身的热痱子。张志桂默默地承受着，下决心一定要把鲁生抚养好。

鲁生在张志桂的精心养育下，渐渐胖起来。可她自己的孩子却一天天瘦了下去。邻居们看到这种情况，纷纷劝张志桂也别太苦了自己的孩子。小鲁生长到半岁时，有时一次都把奶水吃干了还不饱，又哭又蹬又闹。于是逢集的时候，她就催着丈夫赶集买点儿小米，给鲁生添着吃。由于奶水不够，张志桂便狠心给自己的孩子断了奶。

小鲁生快满周岁时会叫爸爸妈妈了，也开始蹒跚学步。张志桂虽经千辛万苦，但看着小鲁生长得逗人，也总算有了安慰。可是，她自己的孩子却因断奶过早，体弱多病，不幸夭折。张志桂小心地把奶头放进永远也不能吸奶的干涸小嘴里，泣不成声地说："孩子，再吃一口吧，妈妈对不起你呀！"

张志桂的女儿死后不久，区委书记王富元同志来到她家，说鲁中二地委书记王涛的爱人林波希望能在她家养病。林波生孩子三天后得了产后风，在此后的转移、隐蔽中，又引发了多种疾病。孩子不幸夭折，林波心情悲痛，病情更加严重，来到张志桂家时，她已虚弱得不能翻动身体，生了褥疮。她咳嗽不止，痰中带血，按农村的说法，这种病具有传染性，非常可怕，人们都怕接近这种病人。可张志桂毫不犹豫地接受了任务。林波脸色蜡黄，嘴唇没有一丝血色，一天到晚地吐痰。张志桂带着鲁生，精心照顾着林波。起初，林波躺在床上不能动，吃饭、喝水都是张志桂一口一口地喂。为了防止褥疮继续发展，张志桂经常给林波翻动身子，更换蒲草。林波痰多，一夜就吐满一地，张志桂每天都得打扫地面。为凑齐治病的药，张志桂的丈夫李德经常到山上挖草药，还多次往返二百里到岸堤去抓药。穷山荒村的，没有什么好东西吃，张志桂就天天做豆汁给林波喝，还杀了家里的老母鸡给她滋补身体。林波的病渐渐有所好转，后来她竟然能拄着拐棍起来了，她激动地说："你们比俺亲哥嫂还要亲。"

1942年秋，为躲避日军的大"扫荡"，张志桂将林波及住在她家的华东兵工厂技术员卞坤，区委干部王炎、王琪、张现春等人隐藏在了山洞里。当时林波体质弱，张志桂就找本村的阚大娘在山洞陪护了三个多月。张志桂每天冒着生命危险为他们送水送饭，还千方百计地弄豆汁、鸡蛋给林波补养，而张志桂全家吃糠咽菜也毫无怨言。八个月后，林波的病情基本好转，能自理了，组织上便把她转移到了部队医院。

四年的艰苦熬过来了，鲁生长大了，日本侵略者投降了。一天，鲁生的亲生父母派人来接孩子。对于这个突如其来的消息，张志桂既惊喜又悲伤。惊喜的是鲁生要回到她的亲人那里去了，悲伤的是自己将要失去鲁生了。四年的辛苦，四年的欢声笑语，那甜甜的声音，那可爱的脸蛋，她走后自己哪年才能再见到啊！但是孩子是娘身上的肉，鲁生的父母怎能不天天想、日日盼呢？孩子临行前的一夜，张志桂整夜没有合眼，她把孩子抱起又放下，轻轻地梳理着鲁生的头发，一遍又一遍地细瞅着那熟悉的眼眉、鼻梁、嘴角，一件又一件地整理着鲁生的衣服。

当鲁生醒来的时候，张志桂把她搂在怀里，最后一次喂她吃了奶。张志桂的眼里流出了热泪，那是幸福的泪，也是伤心的泪。她对鲁生说："孩子，你亲爸爸、亲妈妈就要接你走了。以后，你还能记得我这个妈妈吗？"鲁生听说要把她带走，哇地大哭起来，小胳膊紧紧抱住张志桂不放，连声哭喊着："妈，俺不走，俺找妈！"来人只得抱起鲁生，哄着把她抱走了。鲁生又蹬又踢，喊道："俺不，俺不，妈妈不要……"一声声哭喊，就像刀子一样割着张志桂的心。

1948年，张志桂的家乡解放了。可是，由于战争年代的辛劳，不到四十岁的张志桂已经满头白发，一脸皱纹，背也驼了，行动也不方便了。但她一直想着鲁生，常常念叨鲁生。1963年，年仅五十一岁的张志桂一病不起，永远离开了人间。临死的时候，她还自言自语地说："鲁生今年二十二了。"她的遗嘱只有一句话："鲁生要是来了，叫她到坟上看看我。"

张志桂的感人事迹在沂水县广为流传，她被人们誉为抚养革命后代的"好妈妈"，抢救伤病员、救护革命同志的"红嫂"。

4. 庄新民反哺人民养育恩

在抗日战争的艰苦岁月里，沂蒙山区的人民群众为了消灭日本侵略者，与人民军队鱼水相依，生死与共，留下了许多可歌可泣的感人事迹，至今令人难以忘怀。在敌人的屠刀下救庄新民一命、被庄新民亲切地叫作"沂蒙老爹"的李开田大爷，还有他的妻子、沂蒙"红嫂"明德英大娘，他们老两口使庄新民终生难忘。革命战争年代，李开田和明德英奋不顾身、舍己救人的伟大壮举令人佩服，而后来庄新民对两位老人的反哺之情同样令人动容。

1943年初，八路军山东纵队年仅十三岁的看护员庄新民，在反"扫荡"中与部队走散，不慎掉队，身体多处被山石划伤，他与许多躲难的群众一起被日军抓住了。由于庄新民年龄小，又穿着老百姓的服装，他没有暴露身份。明德英的丈夫李开田正巧在被日军抓到的群众中，他见庄新民年龄小、身上有多处伤口，很是心疼。李开田为了掩护庄新民，就与他以父子相称，没有引起日军的怀疑。到泰安后，他们一起被日军释放。李开田背着身体虚弱、伤口化脓的庄新民，翻山越岭，跨沟过河，长途跋涉了几百里，终于回到了沂南老家。李开田和明德英夫妇冒着日伪军时常搜查的危险，在自己的窝棚、附近墓地、石沟草丛里不时地转移着虚弱的小战士庄新民，并精心护理和照料着。明德英还时常用自己的奶水喂养他，最终把他从死亡线上救了回来。经过一段时间的悉心护理，庄新民的伤口逐渐愈合，身体也恢复了。当庄新民要离开的时候，两位老人依依不舍地将他送到了村头，老两口眼里含着泪水，嘴里不断重复道："孩子，找不到部队再回来啊，这里就是你的家。"庄新民总觉得有好多话想说，但又不知说什么好，好像有什么东西卡住了喉咙，最后只说了一句："有机会我一定回来看望二老。"说完，热泪夺眶而出。庄新民就这样依依不舍地含泪告别了救命恩人，踏上了归队的征途，顺利找到了部队。

在烽火连天的战争年代，庄新民没有机会到沂蒙山看望两位老人。庄新民于1949年随部队到了上海，但看望双亲的念头始终埋在他的内心深处。新中国成立后，在上海工作的庄新民对这位伟大的沂蒙女性始终心怀感恩之情，多次联系寻找当年对他有救命之恩的两位老人。1955年，为了弄清这一段历史，在沂南县邮局的帮助下，经过多番周折，庄新民终于找到了明德英夫妇。这时他才知道，当年不顾生命危险救他的那位大爷叫李开田，那位伟大的大娘叫明德英。经过通信联系，1956年春节后，庄新民执意要让两位老人去上海。明德英也很想去看看庄新民，但是她舍不得离开沂蒙老家。最后，在庄新民的诚挚邀请下，李开田带着明德英绣的一包鞋垫去了上海。李开田在上海住了半个月，使庄新民有机会报答救命养育之恩。庄新民的爱人也非常感激两位老人，每次下班都会带点儿好吃的回家给老爹，总是忙前忙后地照顾和孝敬老人。庄新民的孩子们更是喜爱爷爷，身前身后地跟着爷爷，经常围着他听他讲沂蒙根据地的革命故事。在上海的半个月，李开田很开心，也很感动。李开田离开上海的时候，庄新民塞给老爹一沓钱，但是李开田执意不要，最后好说歹说只收下了三百元。后来明德英把这三百元都用来买了布料，做了拥军鞋和鞋垫。自这次团聚后，庄新民一直与李开田、明德英一家保持着密切联系，逢年过节就寄些食品或衣服等以孝敬两位老人，老人也常给他寄点儿沂蒙土特产。

在"文革"期间，庄新民离开部队的那段历史又被翻了出来。后来还是李开田和明德英夫妇仗义执言，再次做了证明，庄新民才幸免于难，得以继续为党工作。庄新民感慨万分地说："李开田老爹和明德英大娘第二次救了我的命。"1985年春，在上海工作的庄新民又一次踏上了沂蒙大地，终于见到了阔别四十多年的救命恩人明德英。年过半百的庄新民像孩子一样抱着明德英泪流满面，失声痛哭……此情此景，让在场的群众都忍不住流下了感动的泪水。

庄新民的长子庄举华提起奶奶明德英，有讲不完的故事、说不完的心里话。他说："2003年初，上海市委老领导、百岁老人夏征农与我谈起明德英的事迹后，写下了'沂蒙深情代代相传'的题词。在我心里，我父亲的'明妈妈'已经真正成了我和弟弟的'明奶奶'，我为有这么一个沂蒙好奶奶感到自豪。"1995年4月21日，明德英在横河村病逝。2002年，庄新民以明德英长子的身份给两位老人立了碑，庄新民的两个儿子每年清明都前来扫墓。庄新民曾在回忆录中写了一首诗，表达了对李开田的感恩之情："巍巍沂蒙好河山，齐鲁抗日得摇篮。军民铁臂驱倭寇，老爹英名万古传。"从庄新民的诗中，我们不难看出他对沂蒙根据地的深切感情，更能感受到他对救他于水火的李开田和明德英的发自内心的感恩之情。

5. 抗日女英雄陈元君

陈元君，1892年出生于临沂县义堂镇一个贫苦的农民家庭。为了寻找一条活路，少年时代，她跟随父母同本镇的李福卿一家逃荒要饭，来到了临沭县蛟龙镇蛟龙湾村，并在此定居。成年后，陈元君与李福卿结为夫妻，育有三子一女。由于兵荒马乱，加上子女幼小，日子过得异常艰苦。

1940年1月，八路军第一一五师东进支队二大队、山东纵队陇海南进支队三大队攻克了国民党顽固派盘踞的郯城县的东北重镇南古庄，临沭一带宣告解放。不久，中共山东分局、山东省战工会、第一一五师师部进驻了朱樊、蛟龙湾等村庄，宣传抗日和救国救民的道理。深受阶级压迫与剥削之苦的陈元君接受了革命教育，积极参加抗日活动。由于她革命热情高，工作肯吃苦，赢得了广大妇女的信赖，被选为蛟龙湾村妇救会会长。从此，她的家也就成了革命工作的联络站。这时的陈元君，浑身有使不完的劲，一心扑在抗日工作上，带领群众支援前线，发动群众开展减租减息运动，动员青壮年参军、参加民兵，组织青年妇女到识字班学习文化、学习革命道理……村里村外到处都闪现着她忙碌的身影。

1942年，滨海根据地处于抗日战争最困难的时期。这一年，五十岁的陈元君实现了多年的心愿，光荣地加入了中国共产党，同时还被选为临沭县妇救会委员、蛟龙区妇救会会长。工作范围的扩大，肩上担子的加重，没有使她畏难发愁，她工作起来依然是热火朝天，任劳任怨。她不仅教育群众积极发展生产，支援前线，还经常教育子女忠于祖国，忠于人民，积极参加抗日活动。革命斗争实践使她懂得，多一个人就多一份革命的力量，多一个人扛枪就多一份夺取抗日战争胜利的希望。为了早日打败日本侵略者，临沭县委、县政府遵照上级的指示，决定扩建地方武装，陈元君二话没说，亲自把大儿子李文送去参了军。

大儿子参军后的当天晚上，陈元君连夜主持召开了家庭会议。在这次非同寻常的家庭会议上，陈元君做通了丈夫李福卿和二儿子李章及其媳妇的思想工作，动情地说："俺们家光俺和李文革命还不行，全家都得参加革命，要让儿女们都革命，李章也要扛起枪来打鬼子。打跑了鬼子，革命成功，老百姓才有好日子过！"第二天拂晓，陈元君就和二儿媳妇一道送李章参加了八路军老四团，奔赴抗日前线。在陈元君的带动下，蛟龙湾村一次就有二百四十余名青壮年报名参军。

陈元君心地善良，有一副火热的心肠，她像慈母关爱自己的子女一样，把革命干部和部队指战员视作自己的亲人，时刻关心他们的冷暖，关爱他们的成长，更把他们的安全挂在心坎儿上。1944 年 1 月 23 日清晨，蛟龙湾村大地主、伪临郯海赣四县办事处主任胡伯衡带领数百人突袭了蛟龙湾村。当时，行署和县里的妇女干部邓廷兰、秦怀兰、白士彬等正在村里开展工作，听到敌人进村的消息后，陈元君立即找出破旧的衣服鞋袜让她们穿上，让她们装扮成当地的农村姑娘躲藏起来，先后躲过了敌人的五次搜查。午后，凶狠狡诈的日伪军悄悄返回了蛟龙湾村，再次搜查盘问，遇到可疑的人立即抓捕。邓廷兰从一农民家中出来，遭遇敌人盘问，日伪军怀疑她是"女八路"，欲将她抓捕带回。情势危急，陈元君急中生智，一把将邓廷兰从敌人的魔掌中夺了回来，拉到自己跟前，揽在怀里，对凶狠的敌人大声说道："她是俺闺女！"一个伪军头目恶狠狠地抓着陈元君的头发，将她摔倒在地，先是拳打脚踢，后用皮鞭抽、枪托打，直打得她皮开肉绽，多次昏死过去。可她每次醒来，都一口咬定邓廷兰是自己的闺女。敌人没抓到什么把柄，无计可施，只好放了邓廷兰。

1945 年 5 月 17 日，陈元君与滨南行署干校指导员张建华带领部分干部在蛟龙湾村开展备战工作。晚饭后，村里召开了群众大会，庆祝苏联红军攻克柏林。陈元君登台讲话，号召群众紧急行动起来，藏好粮食，空舍清野，做好充分准备，反击敌人的麦收大"扫荡"。会后，几名干部就住在了陈元君家里。

18 日凌晨，赣榆县沙河据点的日伪军三百余人直扑蛟龙湾村，将村子围得水泄不通。陈元君的二儿媳妇早早起来，到院外牵驴磨煎饼糊，一出门就被日伪军用枪逼了回来。三儿子李跃华听见了动静，透过窗户看见二嫂被敌人逼进了院子，立即大喊："娘，鬼子进院了！"陈元君立即命令闺女李健英和儿子李跃华从后窗跳出，边跑边喊，引开敌人。村子里立时大乱，枪声大作，院子里的敌人听见喊声，边打枪边跑了出去。陈元君与张建华趁机指挥同志们安全转移。这时，又有一股敌人进了院子。张建华坚持让陈元君先走，说："李大娘，你年龄大，跑不动，你先走，我在后面掩护！"陈元君坚定地说："不行，这里有俺顶着，在俺家里俺说了算，你先走，快走！"张建华见拗不过她，只好翻墙转移，不幸中弹负伤，勉强转移到村外时，又遭遇了敌人，后壮烈牺牲。

送走张建华后，陈元君像没事一样来到院中，刚进门的日伪军蜂拥而至，将她围了起来。一个头目喝问道："八路军藏在哪里？共产党干部跑到哪里去了？说出来，皇军有赏。"陈元君平静地摇摇头，说："不知道！"敌人恼羞成怒，对其一阵拳打脚踢，陈元君倒在地上，昏了过去。醒来后，见敌人正在各个房间里搜查，她立即爬了起来，找了根木棍斜倚在墙上做梯子，边攀登边大喊："鬼子来了！快跑啊……"听到喊声，一群日伪军从屋子里跑了出来，见有人上墙，立马开枪射击，陈元君中弹，壮烈牺牲。此时，陈元君刚满五十三岁。

6. 智勇双全的马宗英

1910 年，马宗英出生在莒县寨里河北墩子村。1939 年，为侦探敌情、瓦解敌心，滨海军区莒县独立营设立了对敌工作站，二十九岁的马宗英任工作站的联络员和情报员。虽然她是个年轻的媳妇，但为获得第一手情报，她敢于深入敌穴。危急形势下，她总能镇定自若，化险为夷，马宗英为莒县的抗战事业做出了很大的贡献。

马宗英家的位置对获取情报非常有利，两间茅屋位于莒县南城门外吊桥西侧，距离城门只有几十米，茅屋的后墙紧挨着城壕，经城门往来的各种人物，在院中就能看得一清二楚。为了方便探听城内敌情，她特意开了一家馒头店。马宗英的手艺好，蒸的馒头又大又白，莒县城里的敌伪军都愿意买。时间久了，在城门站岗的敌人对她放松了警惕。有一次，她利用到伪军司令部送馒头的机会，获知了敌伪军正在策划外出"扫荡"的消息。情况万分紧急，马宗英顾不上吃晚饭，连夜去了联络站报告。联络站的同志接到马宗英的情报后，立刻通知了各区、村和武装部门，迅速做好了反"扫荡"的准备。第二天，日伪军一千多人到根据地"扫荡"，可除了挨打，他们什么好处也没捞到，只好灰溜溜地逃走了。

抗日战争进入了最艰苦的阶段，我军枪支弹药十分紧缺，马宗英接到从敌人手中购买子弹的命令。马宗英做通了在伪军中担任中队长的侄子王云蓬的工作。又通过王云蓬收买了见钱眼开的特务魏洪展，购得了三百发子弹。此后，她又多次利用各种关系购买子弹，将敌人的弹药源源不断地送到了抗日战士的手中。

马宗英不但暗中从敌人手中获取弹药，还敢于和敌人正面周旋。有一天中午，交通员突然赶到，正在蒸馒头的马宗英说道："我情报站站长邢洛川被汉奸便衣队绑了起来，要送到城里审讯。"马宗英立刻放下手中的活计，跑到南门外吊桥下，正巧便衣队押着邢洛川经过。马宗英连忙扑上去，拉住站长的双手哭诉起来："我的好弟弟，你进城来怎么也不先捎个信儿，你不知道皇军把守得严，怕八路军混进来……"其实敌人并没有邢洛川是密探的证据，只是觉得可疑。她这么哭闹，特务也无计可施，只好放人。马宗英赶忙把"弟弟"领回了家，先让他吃饱饭，然后趁夜深人静之时，悄悄地把他送出了南关。

与狡猾的敌人周旋，不但需要巨大的勇气，还需要有周密的计划。1943年夏季的一天，情报站让马宗英想办法把一封信和一包传单送到日军司令部。这个任务着实让马宗英犯了难，日军司令部可不是说进就能进的地方，有两层围墙不说，外边还有壕沟和铁丝网，围墙里的六个炮楼日夜都有敌人站岗，两道大门有两层岗哨，进出都得经过严格搜查。她几次进城探查，都没找到机会。几经周折，马宗英做通了给日军做内勤翻译的郭民强的工作。最终从郭民强那里找到了突破口，由他把信和传单送到了日军司令部。马宗英就这样机智地完成了任务。

抗日战争时期，平凡的农家妇女马宗英为了理想信念出生入死，为了革命事业不怕牺牲，凭借自己的机智和勇敢完成了一个又一个难以想象的任务。她那无私无畏的精神令人赞叹，是沂蒙妇女投身革命、支援革命、献身革命的真实写照。1992年3月，马宗英被山东省妇联、省民政厅、省军区政治部评为"山东红嫂"，同时被授予省"三八"红旗手的荣誉称号。

7. 民兵英雄刘彬厚

刘彬厚，1914年出生于蒙阴县垛庄区东峪子村的一个中农家庭。在他八岁时，全家迁到了北庄村。

1938年夏，中共苏鲁豫皖边区省委机关迁到了沂水县的王庄、岸堤一带，发动群众，开展建立基层政权工作。北庄村也成立了职工抗日救国会，开展抗日宣传工作。刘彬厚经常到工作组驻地听抗日宣传，懂得了不少抗日救国的道理，自愿要求加入职工救国会。

1939年7月，刘彬厚成为北庄村的第一名共产党员。后来，经他培养介绍，又吸收了贫雇农出身的高喜成、王立春等人入党，并成立了党小组，由刘彬厚担任北庄村党小组组长。

当时，驻守蒙阴城的日伪军对界牌、垛庄等地不断进行"扫荡"，气焰十分嚣张。为配合区中队开展反"扫荡"，刘彬厚遵照中共垛庄区委的指示，以党员为骨干力量，吸收积极分子参加，组成了一支十六人的抗日民兵游击小组，刘彬厚任队长。

1939 年秋，从垛庄方向窜来一小股伪军。刘彬厚得到游动哨的报告后，立即将民兵游击小组集合起来，埋伏在村南的河堰，等待伪军的到来。伪军被打得屁滚尿流，拼命地逃回了垛庄据点。这次战斗，大大鼓舞了民兵游击小组的士气。从此以后，他们更为活跃了，保护群众生产，为我军搜集情报，护送伤员、病号，观察敌人动向，紧密地配合区中队的行动，得到了上级的表扬和乡亲们的称赞。

1939 年冬，盘踞在朝仙桥的伪军小头目刘鼎三，率领伪军偷袭了我军驻瓦子坪的乡分队。我军迅速占领了村中制高点，英勇抵抗。抗日军政干校驻垛庄乡的一个分队闻讯后跑步前去增援。刘彬厚得到情报后率领游击小组赶去救援，决定采用"围魏救赵"的战术，三股兵力合击敌人。刘鼎三领着他的残兵败将，急急如丧家之犬，投奔界牌据点，朝仙桥回到了人民手中。北庄民兵游击小组受到了区委的表扬。

1940 年春，汉奸队长刘乃林在垛庄设立了据点。从此，北庄这个离公路只有 1.5 公里的山村成了敌我交界的要塞区，刘彬厚率领的这支民兵游击小组的任务也就更繁重了。他们监视敌人动向，侦察敌人情况，传送各种情报，转移伤员、病员，运输急需物资，护送军政干部，各项任务都完成得很出色。

当时，垛庄、界牌、桃曲的日军、汉奸不断向群众派粮、派款、要猪、要羊，搞得人心惶惶。为了迎击敌人的夜袭，刘彬厚发动北庄的男女老少一齐上阵，加固围墙，北庄成了抗日堡垒村。每到晚间，附近的石汪河、艾家沟、杨树底等十多个村庄的群众，牵驴搭担、扶老携幼地来北庄避难。刘彬厚对他们的到来表示了热烈的欢迎，并加以妥善安排。男青年自愿上围墙协同作战，他们把铁锨、镢头、石块等当作武器打击敌人。各村结成了一个战斗集体，同仇敌忾，誓死保卫北庄。

1941年冬天的一个傍晚，四百余名伪军悄悄逼近了北庄村，将村子围得水泄不通。站岗的民兵发现后，急忙吹响了哨子，惊动了正在开会的民兵游击小组及村民。刘彬厚沉着冷静地部署兵力，对敌人予以迎头痛击。中共垛庄区委总结了北庄村对敌斗争的经验，对他们进行了表扬，号召各村向北庄学习，大大鼓舞了大家的抗日情绪。刘彬厚和他的游击小组，为了有力打击敌人，保护民众，每天晚饭后都会动员村民转移隐蔽，村内由民兵负责巡逻。

1942年1月4日深夜，为报复北庄，二百余名伪军悄悄地接近北庄村北角，他们用火柴点燃了柴草垛和茅屋房檐，火势很快蔓延到了村南头。这天晚上，刘彬厚和民兵游击小组带领村民转移到了孟良崮西麓，村里只留下了少数执勤的民兵。等他们发现敌情率部返回时，大火已无法扑灭，村里近千间房屋化为灰烬，四百余人无家可归。刘彬厚看到此种惨状，悲痛异常，但他没有被困难压倒，立即通知群众开展互助互救、自立自救。经过一个冬春的苦战，北庄村又顽强地站立了起来。

1942年的四五月份，日军向沂蒙山区大举发起"扫荡"，北庄村处境十分困难。在敌人的严密封锁下，党支部与上级党组织也中断了联系。这时，部分干部、群众产生了悲观情绪，个别人甚至主张埋掉武器，放弃战斗。在这关键时刻，刘彬厚毫不动摇，志坚如铁。他一再向人们宣讲"抗战必胜，日寇必败"的道理，表示"不消灭敌人，誓不瞑目"的决心。为消除大家的悲观情绪，提高斗志，他还巧捉了汉奸张克礼，大大鼓舞了民兵的斗志，增强了群众的信心，抗日情绪重新高涨起来。

1943年1月，日伪军经常下乡抢劫财物准备过年。一些土豪劣绅为了趁过年之机向日伪军送礼，也加紧搜刮民众的财物，老百姓叫苦不迭。1月30日，刘彬厚得到情报，界牌地主要在第二天晚上给垛庄据点的汉奸队长刘乃林送年礼。他和车善民等人商量决定，将十六名民兵游击小组成员分为两路，拦截送礼的队伍。

1月31日晚，车善民、刘彬厚亲率游击队员进行埋伏，一直等到半夜，也没有见到送礼队的影子，便撤回了北庄。刚准备睡觉休息，就发现四面都是敌人。他们在向马家庄子山顶撤退时，突然遭到早已占领山顶的敌人的射击，向东面突围时，又遇到了敌人的袭击，车善民壮烈牺牲，三名民兵被俘。另外一路也遭到了敌人的袭击，刘司厚壮烈牺牲。

2月1日黎明，刘彬厚带领剩下的队员向石嘴子山方向突围，遭到山上敌人的扫射。子弹击伤了他的右腿，十几个敌人围了上来。刘彬厚的枪膛里只剩下一颗子弹，他把枪靠在左腿上，向敌人喊道："交枪可以，你们自己来拿吧！"有个汉奸向刘彬厚走了过去，刘彬厚等他走近时便扣动了扳机，并趁机把枪在石头上摔碎了。敌人一拥而上，几把刺刀同时向他刺去，刘彬厚壮烈牺牲，时年二十九岁。

刘彬厚牺牲后，鲁中军区追认他为烈士和"民兵英雄"。1944年2月，沂南县武委会又在界牌区朝仙桥村东路北立了一座"民兵英雄"纪念碑,以纪念刘彬厚。这座雄伟壮观的纪念碑,伴随着刘彬厚烈士的英名,代代相传,流芳千古。

(二)拥军支前

为了革命斗争的胜利,沂蒙人民坚定地走上了倾其所有助革命、全家动员去杀敌的拥军支前的道路。他们把"最后一粒米做军粮,最后一尺布做军装,最后一个儿子送战场"。沂蒙人民在极其艰苦的条件下,排除万难,无私地为军队贡献着自己的力量,将一袋袋粮食、一双双军鞋、一件件军衣送往前线。正是沂蒙人民的无私奉献,才推动革命最终取得了胜利。

1. 支前模范吴娟

沂蒙山区有一个特殊的群体,她们虽身为女性,却巾帼不让须眉;她们虽身单力薄,却用自己瘦弱的身躯扛起了万斤重担,为革命做出了巨大贡献。吴娟就是其中的一位支前女英雄。

吴娟,祖籍山西太原,其父少年时就跟随山西造酒业主到平邑仲村酿酒。在吴娟九岁的时候,父亲去世,母亲改嫁给了三合村的谢洪运。苦难生活的煎熬,使吴娟形成了勤劳善良的品格。吴娟聪明好学,因继父教私塾,她便成了旁听生。日积月累,勤学苦练,她不但能识文断字,还写得一手漂亮的毛笔字。

20 世纪 30 年代初，仲村有了共产党组织，吴娟接触的进步青年学生大多是费县早期的共产党员，他们对吴娟的影响很大。她反对封建礼教，主张男女平等，反对妇女缠足，自己带头放了脚，还动员其他妇女同封建陋习做斗争。当"'一二·九'运动"的消息传到仲村时，十三四岁的吴娟就跟随仲村会馆的进步师生谢凤济、赵淑毅等人上街游行，他们振臂高呼"打倒日本帝国主义""实行三民主义""全中国四万万同胞团结起来"等口号。受进步青年的影响，吴娟还联合青年学生四处活动，举办报告会、演讲会。在集市上，吴娟慷慨陈词道："日本帝国主义要灭亡我们中国，每个有良知的中国人都应该抵抗，有志气、有血性的青年人打鬼子去！"

1939 年 8 月 26 日，十七岁的吴娟由马伟、李毅、张协介绍，光荣地加入了中国共产党。那时党支部就设在吴娟家，党员们经常在她家里过组织生活。县委书记刘次恭经常到她家开会，吴娟负责站岗放哨。八路军第一一五师工作人员陈明、杨青田等在吴娟家养伤时，受到了吴娟全家人的精心照料。吴娟还承担起了情报及信函的传送任务，由于表现突出，多次被第一一五师和费县县委表彰为"抗日支前模范"。

1945 年，吴娟接受组织安排，照顾残疾军人王保胜。王保胜是沂蒙山区著名的抗日英雄，早年闯关东时参加过抗日联军。第一一五师挺进沂蒙后，王保胜带领的费县游击第四大队被编入第一一五师，他先后担任连长、营长。1945 年 7 月，王保胜在协庄战斗中受重伤被捕，日军对他进行了灭绝人性的摧残，将他的双脚筋骨全部砍断，但他坚贞不屈，怒斥敌人。

1945年9月初，王保胜被营救出狱。经过五十多天的残酷折磨，他遍体鳞伤，骨瘦如柴，左臀被敌人的炮弹炸开一处碗大的伤口，胸部及肢体上有十多处刺刀伤，四肢功能丧失，生活不能自理。组织上为了照顾王保胜的生活，决定派吴娟做他的特级护理，实际上就是要她嫁给王保胜。消息传开后，有人对吴娟说："你一个黄花大姑娘，心甘情愿嫁给一个残疾人？再说他比你还大那么多，别鬼迷心窍了。"吴娟真诚地说："残疾算得了什么，只要王保胜还有一口气，我就跟着他。他为人民打天下，出了那么大的力，受了那么大的罪，你不可怜我可怜，好人有好报，坏人天不容！"她说服了父母及亲友，很快就嫁给了王保胜。夫妻二人朝夕相伴，相濡以沫，患难与共，组成了一个特殊的革命家庭。

1947年，国民党反动派向山东解放区大举进犯，王保胜拖着虚弱的病体担任蒙山县抗属大队名誉大队长，吴娟协助丈夫带领烈军属和伤残军人北撤到渤海区。在北撤途中遭到了敌机轰炸，吴娟辅助王保胜指挥大家迅速疏散隐蔽。密集的炮弹在吴娟周围爆炸，四周尘土飞扬，看不见人，最近的炸弹距她只有一墙之隔。吴娟不顾生命危险，在炸塌的墙体下挖土搬石，救出了三名同志。渡过黄河后，北撤人员驻扎在朱老虎村，吴娟协助王保胜动员参军，斗地主，灭汉奸，抓特务。一次，吴娟在他们住宿的一个地主家的房间里走动时，听到脚下发出咚咚的响声，王保胜赶快让她在房里挖掘，结果挖出了一大批敌人埋藏的手枪，他们立即交给了党组织。为此，他们夫妻受到了渤海区政府的表彰。

新中国成立后，这对革命夫妻再三谢绝了党组织让他们到外地疗养的安排，执意回乡定居，过着清贫的生活。当时政府对特级残疾军人进行了医学鉴定，王保胜的内脏多处被敌人的刺刀刺伤，特别是胸肺部损伤极其严重，四肢功能基本丧失，生活不能自理，被定为特级残疾军人。他每天打针、吃药，生命几乎全靠药物来维持。为给组织节省开支、减轻负担，同时为方便照顾丈夫，吴娟从结婚那天起就开始练习打针。由于王保胜的血管有的被敌人挑断了，有的因损伤过重而未能修复，有时找准了血管也不回血，吴娟常常急得心慌流汗，丈夫鼓励她道："不要紧，慢慢来，一次找不到就再扎一针。敌人的刺刀刺过来我都不怕，只觉得凉徐徐的、热辣辣的，打针如同蚂蚁咬一口，没什么，你就大胆地扎。"后来，不论是肌肉注射，还是静脉注射，她都能娴熟地操作了。

　　多年来，吴娟不分昼夜地为丈夫王保胜擦洗伤口，端屎端尿，打针喂药，默默奉献。不论是炎炎夏日，还是寒冷冬天，吴娟深更半夜里要起好几次，为丈夫打针喂药。每到冬季，王保胜的伤病就会加重，常因呼吸困难，半夜里憋得周身大汗，甚至吐痰、吐血。遇到这种情况，吴娟便赶紧起来打针抢救，清除污物。1957年隆冬的一个深夜，天降大雪，王保胜又憋得浑身发抖，随时都会窒息休克。吴娟带着家里的狗，冒着铺天盖地的大雪，外出请医生，途中竟遇上了野狼，幸亏自家的狗紧紧护着她，才得以脱险。日复一日，年复一年，吴娟再苦再累也从无半句怨言。

　　"三年困难"时期，家里缺粮断顿。夫妻俩共生育了六个儿女，生活负担沉重。孩子们因常年吃糠咽菜，身体营养不良，有人劝吴娟写信向组织反映，他们断然拒绝，并召集孩子们交代道："俄国建国初期也非常困难，每人每天只有几两粮食，我们现在的情况和他们差不多……没有三天的空肚子，就当不了八路军。眼下国家困难，我们要勒紧腰带渡过难关，我们家的事，谁也不准向组织反映。"当时，丈夫需要用鸡蛋做药引子，冲服中药面要用鸡蛋水。困难的时候，吴娟把一个鸡蛋分成三次用。最困难的时候，吴娟决定杀掉家里的狗，以度春荒。夫妻俩为此发生了激烈的冲突，吴娟坚持要杀，丈夫执意不肯，最后王保胜拗不过吴娟，还是把狗杀了，吴娟拿出多半的狗肉分给了饥饿的乡亲们。事后，夫妻俩相拥而泣，王保胜对吴娟说："这么多年，是我连累了你，让你受苦了，狗没有了，以后出门谁和你做伴壮胆啊。"

王保胜享受公费医疗，但是夫妻俩绝不让孩子们用公费治病。一次长子患病，吴娟领着他去仲村医院看病买药。医生说："你家不是有这种药吗？头疼脑热的小病，给孩子们用一点儿就行！"吴娟坚决不同意，最后还是自己掏钱给孩子买了药。

在吴娟的精心照料下，王保胜以惊人的斗志和毅力，与伤残疾病斗争了二十五个春秋。1970年4月6日，因伤势恶化，王保胜逝世，山东省人民政府批准其为革命烈士。吴娟则由于长期操劳过度，体力透支，于1993年11月7日离开了人世。县民政局在烈士陵园为她举行了告别仪式，并把她的骨灰安放在了烈士陵园，与其丈夫王保胜烈士合葬。

2. 拥军模范裴兰贞

裴兰贞，1890年出生于平邑县含哺庄一个贫苦的农民家庭。父亲早年去世，全家靠讨饭为生。因生活所迫，裴兰贞在十二岁时就给老泉崖村的裴廷云当了"童养媳"。婆婆家也很穷，常常吃了上顿没下顿。艰苦的环境磨炼了裴兰贞刚毅纯朴、爱憎分明的性格。

1939年，共产党地下工作人员来到了老泉崖村，秘密地与裴兰贞等几个长工、讨饭的穷人接上了头，经常给他们讲述"穷人翻身闹革命""抗战救国"等革命道理。已经近五十岁的裴兰贞认为这些道理句句说到了老百姓的心坎儿上，她想："共产党太了解咱穷人了。穷人要想过好日子，就得跟着共产党八路军闹革命，赶走日本鬼子，打倒反动派！"1940年冬，裴兰贞、王春明等人在村里秘密地组织了职工会。他们经常传送情报，向穷人宣传革命道理，开展抗日工作。

1941年，费南县二区区中队一百多人驻防在了老泉崖村。为了防止敌人偷袭，裴兰贞等人积极发动群众配合区中队，在村周围修筑了坚固的围墙。5月27日拂晓，日伪军和土匪刘黑七部共千余人，突然包围了老泉崖村。敌人先用炮轰，后用机枪扫射，接着就像疯狗一样向村里扑来，妄图歼灭区中队。为了掩护群众转移，区中队英勇反击，接连打退了敌人的几次进攻，村四周到处是敌人的尸体。区中队的战士们不怕牺牲、顽强战斗的精神，给了裴兰贞很大的鼓舞。她和职工会的几个同志组织起群众中的积极分子，密切配合区中队作战，一边组织群众转移，一边给战士们运子弹、挑水送饭。裴兰贞冒着硝烟，把饭送到了战士们面前。有一位战士感动地说："您这么大年纪还来送饭，我们一定要多打死几个鬼子，报答您老人家。"有的战士受伤倒下了，她就赶快背回家，将伤口包扎好，喂好饭，然后把伤员藏起来。

战斗到中午，敌人仍没能攻进村，就向村内投放了毒气，熏得战士们喘不过来气，也睁不开眼睛。裴兰贞听说水和酒能够解除毒气，就和其他职工会会员从家里拿来酒送给战士们。敌人狗急跳墙，把抓来的鸡浇上汽油，点着火扔进了村里，老泉崖村成了一片火海。这时，大部分群众已安全转移，区中队完成了掩护群众转移的任务之后，分三路成功突围。

老泉崖战斗之后，裴兰贞光荣地加入了中国共产党。不久，她又被选为老泉崖村妇救会会长。裴兰贞入党之后，担任地下情报联络员，具体负责午门、流峪、唐村等十四个村庄的联络工作。当时，敌人每间隔五里建一个炮楼，每隔十里加固一条封锁线，岗哨、暗探密布，盘查甚严，联络工作十分危险。裴兰贞有时打扮成要饭的，有时打扮成走亲戚的，有时打扮成卖针线的，在十几个村庄之间频繁活动。她胆大心细，摸清了敌人的活动规律，哪个村庄有炮楼，哪个炮楼住多少人，什么时间换岗，裴兰贞都一清二楚，每次都能顺利完成任务。

1942年的一天夜里，裴兰贞刚刚睡着，忽然听到"咚！咚！咚！"的敲门声，来人是邻区的一位联络员。他说："这是鲁南军区的信，送给驻在午门的县大队，天明前一定送到。"裴兰贞一看，信是三角形的，信封上插着三根火柴和一根鸡毛。

她知道，这是一封十万火急的鸡毛信，一刻也不能耽误。

从老泉崖村到午门要走十几里的山路，需要经过敌人的一个炮楼。她把信缝在裹脚布里，挎上一个破篮子，放上点儿碎煎饼，拿上一根小木棍，就出发了。天色昏暗，看不清路，她高一脚低一脚地来到了大岭炮楼，刚想过去，就从炮楼上下来两个汉奸，端着枪盘问起她来。裴兰贞机警地装扮成要饭的，敌人看她衣衫褴褛，又上了年纪，就放她走了。就这样，裴兰贞通过了关卡，终于在拂晓前把这封"鸡毛信"送到了午门，交给了县大队。县大队按照军区的指示，安全地撤出了敌人的包围圈。

1943 年，八路军主力部队进行扩编，地方各级政府积极动员青壮年参军，掀起了轰轰烈烈的参军热潮。4 月间，费南县二区在南唐村召开了"动参"誓师大会。裴兰贞第一个走上了主席台，慷慨激昂地说："为了打垮日本鬼子，解放全中国，俺送儿去参军！凡是有良心的中国人，都要拧起劲来，早一天把日本鬼子赶出中国去……"

回到家里，裴兰贞把给大儿子裴传珍报名参军的事对丈夫说了。丈夫埋怨道："光你白天黑夜在外边跑，就够俺担惊受怕的了，再叫儿子去当兵，万一有个好歹，你就不心疼？"裴兰贞耐心地劝说丈夫："不把鬼子赶出中国，穷人就别想过上好日子，都不去当兵，谁去打鬼子呢？"

参军那天，大儿子骑着高头大马，裴兰贞骑着一头毛驴，母子俩都戴着大红花。裴兰贞和乡亲们一道敲锣打鼓，把儿子送到了区上。大儿子到了部队，作战十分英勇。1945 年冬，在与国民党反动派进行的一次战斗中光荣牺牲了。全家人得知这个噩耗后，悲痛万分。

失去亲生骨肉的疼痛剜着裴兰贞的心，但她忍住悲伤，一边安慰丈夫，一边坚强地对全家人说："都别哭了，打仗没有不死人的，孩子是为解放全中国死的，为咱老百姓死的，死得值。咱穷人就得有志气，只要咱们还有一口气，也得跟国民党反动派斗到底！"为了纪念牺牲的烈士，区里在老泉崖村召开了追悼大会。裴兰贞在追悼会上说："大儿子牺牲了，俺心里很难过。但是，敌人想用杀害革命人民的手段来吓倒俺，这办不到！俺大儿子牺牲了，还有二儿子、三儿子，俺要叫他们都上前线杀敌人，为人民报仇，为他哥报仇！"

1950 年，美帝国主义发动了朝鲜战争。裴兰贞又毅然决然地把二儿子送到了部队，参加抗美援朝战争。裴兰贞两次送儿参军的事迹在当地被传为佳话，县政府授予她"拥军模范"的光荣称号。

新中国成立后，裴兰贞仍保持着当年那股拥军的劲，积极参加社会主义建设，多次被评为平邑县"劳动模范"。1954 年，她光荣地参加了山东省人民代表大会。1956 年，她又当选为中共平邑县第一届委员会委员。1976 年 5 月 13 日，八十六岁的裴兰贞与世长辞。裴兰贞虽然离开了我们，但她那高尚的情操、为革命献身的精神，永远鼓舞着我们前进。

3. 曾超排除万难忙支前

曾超，山东省沂水县高桥镇沭水村人，1907年6月出生于佃农家庭。十六岁时，父亲病故，生活困难，曾超嫁到了下古村。曾超身材高挑，眉宇间透露着英气。1937年"七七事变"爆发，曾超开始从事抗日救国活动。共产党八路军来到下古村时，曾超第一个站出来参加抗日工作，当选为下古村妇救会会长。1939年秋，曾超加入了中国共产党。在党组织的领导下，她带头开展妇女放脚活动，带领妇女推米、磨面、做军鞋、缝军衣，支援前线。

日军侵占沂水城后，在离下古村不远的沭水村设立了日伪据点，时常到附近村庄"扫荡"。曾超在敌人的眼皮子底下经常利用人熟地熟的有利条件，保护和营救八路军和伤病员。1942年秋的一天，曾超干完农活，听到了几声响枪，出门一看，游击队队员宋光成正提着一颗手榴弹被日军追赶，情况十分危急。她当机立断，拦住宋光成，把他藏在了自己家门前的石碾盘底下，用苫子盖好。当日军出现在街口时，曾超故意让日军发现自己，她一闪身拐进了一条小巷。一队日军朝她连开了几枪，尾追上来。曾超像玩捉迷藏一样，拐弯抹角地甩掉了敌人，回到了自己的家里。日军的大队人马进村挨家挨户地搜查了一遍，搅得全村鸡犬不宁，却连八路军的影子也没见。宋光成最终安然脱险。曾超只身救护八路军游击队战士的事迹受到乡亲们的称赞，人们佩服她的机智勇敢，说她比爷们儿还大胆。

1945年，沂北县委书记武杰来到下古村主持选举新村干部,乡亲们一致推举曾超当村干部兼抗联主任。在艰苦的抗战时期,村干部是全村人的主心骨,既要把乡亲们团结在一起,又要按时完成民主政府下达的各项任务,万事都要起带头作用。一次上级号召捐粮捐物支援前线,曾超带头把自家仅有的两斤棉花捐了出来,又额外交了三十斤公粮,之后又去动员乡亲们。在曾超的号召下,全村两天之内自愿捐棉三百斤,捐款三千元。有一天傍晚,上级布置了紧急任务。地下党组织藏在文村的七千多斤白面被敌人发现了,必须抢在敌人前面,连夜将粮食转移出去。接到这个任务后,曾超顾不上吃晚饭,就一家一户地去动员了。当晚,她组织了二十多名妇女、十几个六十多岁的老人,她们牵着毛驴,带着口袋,在黑夜里走了几十里的山路,赶在敌人到达之前把粮食转移到了安全地点。

1946年春节前夕,曾超又接到了紧急任务,要下古村过年期间抽调四副担架、二十名青壮年上前线去抢运伤员。按照老一辈的风俗,到了年关,谁也不能出远门,都要在家过团圆年。这个节骨眼儿上,调谁就等于跟谁家有仇。她连夜召开了党员、干部大会,号召党员、干部带头,并组织了几个动员小组,分头做群众的思想工作。她走东家串西家,见了老少爷们儿就说:"过年了,让年轻孩子出担架不符合常情。可是,将心比心,八路军哪个不是咱穷人家的孩子?他们谁又能回家过年呢?为咱穷人打仗负伤,咱不能等过了年再去抬他们吧?"沂蒙山的人最讲良心,二十多个青年人按时去了前线。

当村干部最大的困难莫过于动员参军。曾超勇敢地挑起了重担,不但做好了本村的各项工作,而且还帮助邻村打开了局面。1945 年秋，为了迎接抗日战争的全面胜利，沂北县根据地开始了大规模的动员参军运动。工作开展不久就遇到了阻力。下古村的邻村马场峪有位杨大娘，坚决不让孙子参军。群众都跟随这位杨大娘，不仅马场峪的工作无法开展，全区的征兵工作都受到了影响。曾超主动要求去做杨大娘的工作。那天正下着大雨，她冒雨赶至杨大娘家。曾超为杨大娘讲了共产党抗日的革命主张，讲了共产党全心全意为人民服务的工作宗旨，讲了老百姓支援革命的作用和道理，讲了军民鱼水情谊的感人事迹。她推心置腹，用真情打动了老人，老人很快便同意了送孙子参军打鬼子。杨大娘的思想做通了，全村的动参工作难题迎刃而解。马场峪一次就有八个青年报名参了军。送新兵的那天，杨大娘领着自己的孙子走在了最前边，老人感到了光荣。

1947 年 3 月 8 日出版的《大众日报》对曾超排除万难也要支前的事迹做了专门报道。文章写道："许多妇女代替上前线的男干部，领导全面工作，表现了惊人的能力。如沂水县下古村抗联主任曾超，就是表现最突出的一位。"同时，《鲁中大众》以《向妇女抗联主任曾超学习》为题，发表了通讯，给予了高度评价，文中写道："曾超同志，是沂水县下古村抗联主任、村长、妇救会长、村学校校长、合作社委员，还担任着区、县二级妇救会委员。曾超担任的职务虽然这么多，但是，因为她能想尽办法，克服困难，不折不扣地完成任务，曾三次被选为一等模范工作者，成了全村最有威信的妇女。"

新中国成立后，曾超积极响应党的号召，组织和领导乡亲们坚定地走社会主义道路，并取得了优异成绩。曾超的工作和付出得到了党和人民群众的肯定和认可。她曾两次出席省先进工作者代表大会，多次被选为县人大代表，多次被评为县级先进工作者和"三八"红旗手。

4. 抗日模范刘敦兴

刘敦兴，1892年生于沂水县西大埠岭村，后因嫁给了本县小诸葛村的陈步奎，人们都亲切地称她为陈大娘。刘敦兴的丈夫于1930年被病魔夺去了生命，那一年她才三十八岁，家中有三个孩子，最大的才七岁，一家人的生活重担都落到了她一个人的肩上。但刘敦兴并没有被生活压垮，相反，她变得越来越坚强和能干。同时，苦难的生活使她深深地认识到了旧社会的黑暗和腐朽，激发了她的革命干劲。陈步奎的侄子陈善是沂水县党组织的最早的负责人之一，在陈善的影响下，刘敦兴自1930年就开始从事革命活动，她经常帮助陈善传递情报，到沂水县城与党组织联系。刘敦兴非常痛恨封建社会对妇女的摧残与压迫，组织妇女放足，反对封建礼教，积极争取妇女解放，深受广大妇女的支持和拥护。

1938年秋，沂水县妇委书记杨刚和夏明来到沂水二区（今沂水县诸葛镇一带）发动妇女建立村妇救会，刘敦兴被推选为妇救会会长，是沂水县最早的妇救会会长之一。不久，刘敦兴又被选为葛庄乡的妇救会会长。同年，经杨刚介绍，刘敦兴加入了中国共产党。从此，饱经风霜的刘敦兴便把全部精力投入抗日斗争中去了。她不仅自己整日为抗日奔波操劳，还先后支持三个孩子参加了抗日工作，大女儿成为区妇救会会长，二女儿参加了《大众日报》社的工作，唯一的儿子也参加了八路军，刘敦兴一家成为名副其实的抗日家庭。

刘敦兴对党的事业忠心耿耿，矢志不移。自刘敦兴参加革命后，她家就成了党的联络点，同志们吃住都在她家，她以火热的感情对待同志们，使他们在艰苦的战争环境中感受到了沂蒙山区人民群众对革命的支持，更坚定了抗日的信心。1938年，我们党急需干部，特别是妇女干部，刘敦兴急党所急，四处发动、联络、组织，为党输送了大批优秀干部，先后分三批把二十多名女党员和村干部送到了山东党组织举办的岸堤干部学校学习深造。从二区到岸堤干校，往返需要七十多公里，刘敦兴长途跋涉，先后往返三次。她这种不辞劳苦、不怕艰险的革命精神，使同志们深受感动。为此，《大众日报》当时以《一个模范妇女工作者》为题，报道了她的动人事迹。

1939年5月，沂水县委发动广大干部群众搜集国民党散兵藏在各地的枪支弹药。刘敦兴和县妇救会会长阎娟一起执行任务，她们负责到大圈庄调查一个国民党散兵伤员和他藏下的一挺机枪。在当地党组织的协助下，她们经过一番艰苦细致的排查访问，终于查出了那个国民党伤病员，找到了那挺机枪，并当夜把机枪送给了第一支队。

1941年深秋，日军纠集五万多兵力对沂蒙抗日根据地进行了空前残酷的大"扫荡"。沂水县妇救会会长张谦在组织群众向外转移时，被皇协军抓去，押送到了黄山铺据点。敌人在据点里对张谦百般审讯，但没有得到任何信息，后来就把她关在了一户姓邓的老百姓家。由于张谦没有暴露，沂水县委便打通关节，积极营救她。沂水县皇协军中有个叫张熙岳的速记官，是我党的地下工作者，一天晚上，他悄悄来到邓家，告诉了张谦有关营救的事宜。沂水县委商讨派谁去接张谦最为合适，思来想去，最后决定让刘敦兴去，她毫不犹豫地答应了。刘敦兴找了两个青年民兵，让他们用小木车推着她，星夜赶往黄山铺据点。一路上，北风呼啸，林涛怒吼，寒冷、疲劳、困倦，他们全然不顾。12月31日早晨，张谦被叫到皇协军中队部，进门便看见刘敦兴正坐在那里。刘敦兴见到张谦马上迎了上去，张谦不顾一切地扑到刘敦兴的怀里，哭着叫了一声："嫂子！"刘敦兴抚摸着张谦的头，说："妹妹，这些日子我找你找得好苦啊！别难过了，咱们这就回家。"她拉着张谦的手，对伪军队长说："长官，这些日子让您操心了，谢谢您！"然后对张谦说："妹妹，快谢谢长官，咱们好赶路。"她们二人出了伪军队部，坐上早已等候在外的小木车，快速赶到了沂水县委驻地——竹子沟村，使张谦彻底脱离了险境，安全回到了根据地。

由于刘敦兴在抗日过程中工作积极，贡献突出，她以抗日模范代表的身份参加了山东省第一次妇女代表大会，并在会上发言，介绍了经验。她受到了中共山东分局书记朱瑞等领导的接见和鼓励，并被授予"拥军模范"的称号。

5. 王自生毁家纾难

革命战争年代，王自生冒着生命危险侦探敌情，除奸灭敌，被敌人视作眼中钉、肉中刺。她家的房子两次被汉奸、日军毁坏，丈夫也为革命事业献出了宝贵的生命。失去亲人和家园的她，随南征北战的八路军颠沛流离。虽然经历了无数的苦难与坎坷，但王自生始终保持着革命乐观主义精神，在极其恶劣的战争环境中抚育革命后代，与人民子弟兵同甘苦，共患难。

1908年，王自生出生于沂南县砖埠乡沙沟村一个贫苦的农民家庭。她的父母一共有五个孩子，但个个命运悲惨，给人家做"童养媳"的大姐，不堪虐待自缢而亡，最小的弟弟饿死在母亲怀中。为生活所迫，年仅十四岁的王自生被送到了砖埠乡岳庄刘财主家当丫鬟。后因不堪虐待跑回了父母家中。后来，她又到本村一个同姓的财主家当了丫鬟。三年后，财主的姑母病逝，王自生就嫁给了财主的姑父马星阶。马星阶为人耿直正派，医术高超，在当地享有较高的声誉。虽然年龄悬殊，但王自生与丈夫始终相敬如宾，自小颠沛流离的王自生终于过上了安生的日子。

1926年的一天，马星阶家来了一对看病的年轻夫妇，自称是逃荒要饭来到此地的。熟识之后，他们得知男的叫宋喜来，原是黄埔军校的学生，因国民党发动反革命政变，他逃出了广州，回到了山东老家避难，又流浪到了沂蒙山区。后来马星阶治好了宋喜来妻子的病，两家的关系就密切起来。此后，宋喜来经常向马星阶和王自生讲述革命道理，介绍外地共产党组织及活动情况。革命的信念从此就在马星阶和王自生的心里扎下了根。1937年秋，已离开葛沟的宋喜来给马星阶写了一封信，告知共产党在岸堤一带活动。马星阶立刻去岸堤寻找党组织，很快就加入了中国共产党。不久，八路军来到葛沟，在革命同志的熏陶和引导下，王自生也加入了共产党。

1939 年 11 月，沂南县成立十区，马星阶被选为参议长，王自生被选为妇救会会长。区里召开青年会之时，忽然有人说日军飞机来轰炸了，开会的人一齐往外跑，王自生怀里抱着的女儿被挤落在地上，最终因伤势过重去世了。王自生夫妇忍着悲痛继续工作。十区成立后，临费沂工作团相继成立，马星阶担任了工作团团长。工作团搜集了上百支枪，经常藏在她的家里，王自生像爱护自己的眼睛似的看守着枪支。无论数量多少，无论时间长短，经她保管的枪支从未发生过差错。

工作团成立后，王自生配合马星阶在葛沟及周围的村庄动员、组织青年，成立了一支名为"二支队"的武装力量。队员们都很年轻，大的十六七岁，小的十四五岁。在动员、组织这支队伍的过程中，王自生遇到了很多困难，有不愿让孩子去当兵的，有孩子当兵牺牲后家长找王自生要人的。这年秋天，党员陈兆坤被汉奸围赶在一片刚收割完的高粱地里。他跑掉了鞋子，光着的脚板被尖利的高粱碴儿穿满了血孔，之后他又被鞭打得血肉模糊，牺牲时的惨状让人目不忍睹。王自生闻讯后万分悲痛，因为陈兆坤是王自生亲自动员参加革命的。他的哥哥找上门来，一口咬定弟弟的死就该由王自生负责，气愤地打骂她。王自生默默承受着，任他发泄着悲愤之情。之后，王自生向他讲述了要革命就要有斗争，有斗争就会有牺牲，为革命牺牲是光荣的这一道理。为了向乡亲们展示自己对革命的赤诚之心，她将身边年仅十五岁的女儿马佃梅送到了八路军的第八支队。

马星阶、王自生等人的革命活动，给葛沟一带的穷人带来了希望，也自然引起了日军和汉奸们的极大仇视。1940年的一天，马星阶到河西八支队驻地开会，王自生佯装给孩子看病，也离开了葛沟。她离开家不久，汉奸就拆毁了她家的房子。后来，日军在葛沟一带建立了据点，王自生的房子再次遭到破坏，连屋墙都被拆掉修炮台用了。

　　自家的房子两次被毁，依然不能阻止王自生夫妇为革命工作的热情。边联县妇救会会长王寅，把刚出生不久的女儿茂林托付给了王自生抚养。在忙于工作的同时，王自生还精心照料着小茂林。家被毁之后，王自生被迫离开村子流浪在外，她抱着不满一周岁的孩子东躲西藏，改名换姓地与敌人周旋，四处讨饭喂养孩子。因饥餐露宿、营养不良，孩子一天天地瘦了下来。为了保证孩子的安全和健康，她把小茂林送给了铁山子一个娘家的表婶子抚养，自己外出寻找组织。等王自生回去打算抱走孩子的时候，小茂林已经去世了。孩子的离世让王自生自责愧疚，但是她的真诚、勇敢和善良赢得了王寅的信任，王寅的第二个女儿小文还是交由王自生抚养。王自生精心养育了小文整整八年，直到新中国成立，王寅才把孩子接到自己的身边。

　　1941年春节刚过，马星阶就被敌人抓捕并残忍杀害。马星阶牺牲后，王自生强忍着巨大的悲愤继续革命事业。因为她熟悉葛沟一带的情况，边联县领导经常安排她递送情报。一天深夜，王自生独自摸黑前去沙沟村侦探，刚走进一个巷口，就隐约看到前边有几个人影，她急忙躲藏在一个墙角的阴暗处观察。等来人从她身边走过时，她清楚地认出那是一个罪恶累累的姓付的汉奸头子。她悄悄跟着来到了汉奸头子家门前，看着汉奸自己走进去把院门关上了。王自生又惊又喜，急忙向边联县领导汇报了这一重要情况，县领导立即派县委书记王介福的通信员刘朝奇同志与王自生一道去执行处决那个汉奸头子的任务。王自生不顾一夜跑了三十多里路的劳累，再次在鸡叫时分赶到了沙沟村。在汉奸头子家门前，刘朝奇安排王自生在院外警戒，他持枪翻进院墙，枪决了汉奸头子。这一除民害、平民愤之举，使当地汉奸大为惊恐，嚣张气焰大大收敛，王自生也得到了上级的嘉奖。

一位普通的沂蒙妇女为了自己的理想信念，为了革命事业，在失去亲人和家园的悲痛中奋起，精心抚育同志的孩子，侦察情报，锄奸灭敌，为革命的胜利做出了巨大贡献。1992年3月，王自生被山东省妇联、省民政厅、省军区政治部评为"山东红嫂"，同时被授予"三八"红旗手的荣誉称号。王自生的革命壮举值得我们永远铭记。

6. 尹德美拥军爱党

沂蒙红嫂是抗日战争年代在沂蒙山区涌现出来的一批伟大的女性群体。她们舍生忘死地救伤员，不遗余力地抚养革命后代；她们送子参军，送夫支前；她们缝军衣，做军鞋，抬担架，做军粮，为中国革命做出了突出贡献。尹德美就是其中一位。

尹德美是临沂市莒南县筵宾镇前辛庄村人，1925年出生，1944年加入了中国共产党，她历任村妇救会会长、妇女主任。

在革命战争年代，尹德美精心抚养革命后代的事迹感人至深，她的美德和精神催人泪下。虽然她离开我们已久，但是她的事迹和精神至今仍传颂在沂蒙大地。

1943 年是抗日战争最难、最艰苦的岁月，日军不断向沂蒙山区发起大"扫荡"，凶残狡诈的汉奸们三天两头地残害沂蒙山区的人民。灾荒伴随着战乱，沂蒙人民群众饥寒交迫，过着寝食难安、度日如年的艰难生活。就在这最艰难的年岁里，尹德美的第一个孩子出生

尹德美

了，出生在一个寒冷的冬夜里，但是这个苦命的孩子没有熬过寒夜就离开了人世。孩子夭折的痛苦和分娩后身体的虚弱，使这位号称"铁大嫂"的尹德美病倒了，茶饭不思。在尹德美产后的第七天，八路军一支部队转移到了前辛庄。这天早上，尹德美正躺在床上，隔壁的孙大嫂抱着一个婴儿，领着一男一女两个八路军干部来到了尹德美的家。孙大嫂告诉尹德美，这位男八路军叫黄志才，是山东省军区司令部通信大队队长，女八路军叫刘凯，是部队无线电台台长。因部队天天转移，他们天天都在打仗，所以他们的孩子没人照看。孙大娘对尹德美说："我看你就把孩子拉扯起来吧。"面对这突如其来的嘱托，尹德美觉得自己是党员，没有理由推辞。可她转念一想，虽然自

189

己产后有奶水，但还从来没有养过孩子，万一有个三长两短，怎么对得起刘凯一家呢？当尹德美抬起头看到孙大娘怀里的孩子，看到站在床前的刘凯一家期待的眼光时，慈母之爱和对革命事业的责任感涌上了心头。她对刘凯夫妇说："请你们放心吧，有我就有孩子。"刘凯激动地从孙大娘手里接过孩子，亲手将孩子送到了尹德美怀里，并紧紧握着尹德美的手，感动地说："我的好嫂子，孩子是我们的，也是你的。我们把他拜托给你了……"尹德美深情地看着睡在自己怀里的孩子，便对孩子的父母说："咱们一块儿给孩子起个名字吧。"因为大家都期盼着抗日战争早日胜利，所以刘凯想了想，说："就叫迎胜吧。"

从此，尹德美夫妇俩就成了这个孩子的父母。由于日伪军的残暴蹂躏，加上当年灾荒严重，尹德美一家生活极其贫寒。他们平日里只吃很难下咽的粗粮，喝点儿高粱糊糊，有时连这些都吃不上，因此尹德美的奶水不足。为了不让这可怜的孩子受委屈，她就把家里仅存的一点儿小米留给了迎胜。在寒冷的冬天，他们住在一间漏风的破草屋里，白天尹德美把孩子抱在怀里，紧紧地贴着自己的身体，夜间将孩子的头枕在自己的胳膊上。不仅这样，她还得时时提防日军和汉奸的搜捕。

1945年冬，迎胜刚满两周岁，刘凯夫妇所在的部队接到了开往东北的命令。尹德美与丈夫听说这件事后，他们抱着孩子连夜赶到了部队驻地，只为了与刘凯夫妇见一面。刘凯说："我们一去生死不定，我们不在，孩子就是你们的，有你这样的好妈妈，我们也就没有什么牵挂的了。"尹德美把孩子紧紧地抱在怀里，感动地说："你们放心吧，有我就有孩子，我一定把迎胜抚养成人，等到解放的那一天，我们再见面。"这时，两对父母的手紧紧地握在了一起，他们的心也紧紧地贴在了一起，眼睛里闪着激动的泪花。

尹德美一直把迎胜当作自己的亲生儿子，从吃穿到治病，在各方面都给予了他无微不至的关怀。有一次，孩子几天高烧不退，眼看就要不行了，有人对尹德美说把他扔了吧。但是尹德美却死不撒手，她哭着说："这是八路军的孩子，是俺的亲骨肉。"连续七天七夜，她一直把迎胜抱在怀里，直到他活了过来，尹德美才放下心来。

1947年2月，国民党对山东解放区进行了大规模的进攻和惨无人道的血腥屠杀。当时，她的丈夫王海秀担任农救会会长，正好带着民工支前去了，家里只剩下了尹德美和迎胜，此时的孩子才刚四岁。就在这黑暗难熬的日子里，尹德美一个人带着孩子一次又一次地躲过了敌人的搜捕。

一天，尹德美听见附近的村庄响起了枪声，看到飞机在上空呼啸而过，她急忙收拾好几件破衣服，背起迎胜跟随逃难的乡亲们向东跑去。而这时的尹德美已怀孕七个月了，她跑不了几步就上气不接下气，两腿发软。但是，勇敢坚强的尹德美全然不顾，拖着自己沉重的身子，头也不回地往上爬。她就这样艰难地坚持着，终于爬到了一个隐蔽的山坳里，把孩子放下后，她靠在一块大石头上，张着大口喘着气，浑身的骨头像散架了一样。

尹德美带着她的小迎胜，有时躲在山洞里，有时躲在树丛中。敌人围了村子及附近三天三夜，他们母子俩没吃一口饭，可怜的迎胜饿得哇哇直哭，尹德美也饿得两眼直冒金星，但是她深知坚决不能下山，万一下山让敌人发现，两人的命就保不住了。就这样，母子俩实在坚持不住了，就在山上摘酸枣野菜充饥。到第四天的时候，小迎胜饿得实在不行了，尹德美就趁夜间背着小迎胜，冒险爬到了山对面的人家里，要了一块煎饼给迎胜吃。就这样，直到敌人全部撤退，他们才出山。

刘凯夫妇一直在为革命战斗，从东北转战到了长沙。当他们得知孩子还活着时，因思儿心切，便派迎胜的大爷和一位警卫员来接迎胜。要分别的时候，尹德美怕小迎胜不肯离开，她眼含热泪早早地躲了起来。小迎胜在马车上哭闹着要找自己的娘，送行的尹德美的丈夫王海秀狠心跳下了马车，这个忠义厚道的山东汉子蹲在高粱地里抹起了眼泪。

新中国成立以后，迎胜跟着爸爸妈妈到了北京，但是他时常想念起他最爱的山东妈妈。迎胜后来虽在北京长大，却没忘记沂蒙山区的娘。1959年春节，迎胜回到莒南县看望了尹德美妈妈。1965年，迎胜从北京大学毕业，他把工作后的第一个月的工资全部寄给了尹德美妈妈。

1968年，尹德美收到了一封由迎胜捎来的信，信中说："德美同志，我们两家的感情是在革命的风风雨雨中建立起来的，是经得起考验的，迎胜是在你身边长大的，他与梅吉年龄相当，咱们两家就作个亲吧。"尹德美却犹豫了。当时，尹德美想："自己的闺女梅吉是农村户口，怎么能配得上迎胜这孩子呢？"不久，刘凯来到尹德美家中，说道："我们这是结的革命感情的亲家，他们俩同意就行。"1970年，迎胜与梅吉结婚了。黄金有价情无价，两代人之间在血与火之中凝成的革命情谊愈加深厚，愈加绵长！

尹德美为中国的革命事业做出了突出且巨大的贡献，是当之无愧的"沂蒙红嫂"。她的事迹感动并激励着他人为国家和人民不懈奋斗，无私奉献。

7. 李自兰抗日支前

淮海战役期间，在沂蒙地区流传着这样一段顺口溜："沾化庄，不简单，支前拥军是模范。妇救会来儿童团，美名响在蒙山前。模范村里夸模范，先进事迹说不完。说英雄，道模范，模范村的村长叫李自兰……"这里所称道的就是沂蒙地区的支前模范村沾化庄和他们的村干部李自兰。在沂蒙地区说起李自兰，可谓是人人称道。

李自兰，1905年生于费县南部山区沾化庄一个贫苦的农民家庭，从小跟着父母逃荒要饭，受尽了苦难。共产党进驻沂蒙地区后，沂蒙人民受到了先进思想的启迪。在党的教育下，她积极参加革命工作，1944年光荣地加入了中国共产党，并担任了村妇救会长，不久又当了村干部。抗日战争时期，她发动全村的妇女参加纺织合作社，仅半年时间，就织土布四千多丈，做军鞋一千余双。这些物资先后被运往抗日前线，有力地打击了日本侵略者。

为支援八路军对敌作战，李自兰还组织群众积极参加战场救护。一次，在沾化庄附近，我鲁南军区三团与日军激战。李自兰积极动员村里的青壮年到火线抬担架，同时她还组织妇女为伤员擦伤口、洗血衣、烧水、做饭。有一次，部分伤员在转移的过程中经过沾化庄，李自兰看到个别伤员失血过多，生命垂危，十分着急。于是，她迅速组织妇救会会员发动群众为伤员做饭，并挨家挨户凑了三百个鸡蛋，烧成蛋汤，一勺一勺地喂给重伤员，并细心地为重伤员擦洗伤口。直到把最后一名伤员送到鲁南军区医院，李自兰才松了一口气，这时她已经一天没吃饭了。此时，李自兰感到脚十分疼痛，她扒下鞋一看，裹了三十多年的小脚磨破了，几层裹脚布都被鲜血浸透了。

抗日战争胜利后，根据地人民为保卫胜利果实，抵抗国民党军队对我解放区的进犯，提出了"自己大门自己看，自己的队伍自己干"的口号，掀起了参军参战的高潮。李自兰以身作则，积极带头，把自己年仅十六岁的独生子送到了部队。李自兰的行动是无声的动员，全村的青壮年踊跃参军，出现了许多母送子、妻送郎上战场的动人场面。第二年，李自兰等又动员了两批共三十七名青壮年参军。至此，全村符合条件的青壮年全都报名参了军。为此，沾化庄被授予"拥军模范村"的称号，李自兰被授予"拥军模范"的称号。

淮海战役打响后，李自兰积极响应上级号召，动员群众支援前线。当时全村十六岁以上的男劳动力，全部参加了担架队、运输队，上了前线。村里的生产、支前等工作全部由妇女们承担。她与两名妇救会会员一起挑起了发动全村的重担。在两个多月的淮海战役中，她们共接受了十多次大的支前任务，如纺线、织布、做鞋、磨面粉、碾米、烙煎饼等。她们熬红了眼睛，喊哑了嗓子，除完成自己承担的任务外，还挨家挨户地去动员、督促、检查、收缴。在支前最繁忙的时刻，李自兰九天九夜没睡上一个好觉，饿了就啃口干煎饼，困了就打个盹儿接着干。就这样她每次都出色地完成了支前任务。

1948年11月20日，纷纷扬扬的大雪下了一整夜。早晨，李自兰刚吃过饭，区里就送来了紧急通知，给沾化庄8000斤谷子，碾米烙成煎饼，第二天送往流井。李自兰接到通知后，立即组织人员去马庄运谷子。沾化庄到马庄足有6里山路，又大雪封山，全村连躺在床上的病人和婴儿算上，才只有362人，要用一天一夜的时间才能把8000斤谷子从马庄运来，然后碾成米烙成煎饼，再送到40里外的流井，这谈何容易啊！李自兰找来其他村干部布置任务，大家分头组织群众，最终全村老弱妇孺经四个小时的奋战，把8000斤谷子全部运回了村里。她们克服了难以想象的困难，终于把煎饼烙好并足量送到了指定地点，圆满完成了任务。

三天后的一个中午，区政府又紧急通知李自兰"按150个整劳力，每人推40斤小麦的面，共6000斤小麦，明早把面粉送到薛南庄"。她二话没说，立即组织人员把小麦运回，分送各家。她自己承担了三个人的任务共120斤。第二天一早，她先把自己磨出的面送来，再把各家面粉逐一过秤检查验收，全都达到标准后，立即送到了35里外的薛南庄，保质保量地完成了任务。

从淮海战役开始，沾化庄的油灯经常从天黑亮到天明。除突击完成磨面、碾米、烙煎饼等紧急任务外，妇女们还为前方的战士做军鞋、缝制慰问品。油灯下，家家忙着搓麻绳、纳鞋底、飞针走线做鞋袜。她们共做军鞋 1000 双，每名妇女还做了 60 个精美的烟荷包，上面绣着"保卫和平""解放全中国"等字样。另外，每人还做了茶缸套 70 个，钢笔套 120 个，而李自兰总比别人多出一倍。

淮海战役结束后，沾化庄被淮海战役支前指挥部授予"淮海战役后方支前模范村"的称号，并两次获得上级奖励的"拥军红旗"。1960 年，淮海战役纪念馆建成后，她们当年淘米用的笊篱、烙煎饼用的尺板子等作为革命文物，和她们的模范事迹一起在纪念馆显要位置展出。

参考文献

[1] 中共临沂市委编：《沂蒙红嫂颂》，中央文献出版社 2002 年版。

[2] 中共山东省委党史研究室编：《中共鲁中地方史》（1919.5—1949.10），中共党史出版社 2006 年版。

[3] 中共临沂市委党史委编：《中共临沂地方史》（第一卷），中共党史出版社 2009 年版。

[4] 徐东升、费聿辉著：《沂蒙精神与社会主义核心价值体系研究》，中央文献出版社 2012 年版。

[5] 韩延明主编：《红色文化与社会主义核心价值体系建设研究》，人民出版社 2013 年版。

[6] 张红云著：《沂蒙山区民众组织与革命动员问题研究》，山东人民出版社 2014 年版。

[7] 魏本权、汲广运著：《沂蒙红色文化资源研究》，山东人民出版社 2014 年版。

[8] 北京八路军山东抗日根据地研究会编：《山东抗日民主政权》（上下册），中共党史出版社 2015 年版。

[9] 临沂大学马克思主义学院编：《高校思想政治理论课教学案例集——沂蒙精神代代传》，高等教育出版社 2015 年版。

[10] 李洪彦、李克彬主编：《沂蒙革命故事选编》，山东人民出版社 2015 年版。

[11] 中共临沂市委党史研究室、沂蒙革命纪念馆编：《中共沂蒙根据地党史大事记》，济南出版社 2016 年版。

[12] 中共临沂市委党史研究室编：《中共沂蒙党史人物》（上下卷），中共党史出版社 2016 年版。

[13] 汲广运、王厚香著：《沂蒙精神的地域文化渊源研究》，山东人民出版社 2017 年版。

[14] 苑朋欣著：《沂蒙精神溯源研究》，山东人民出版社 2017 年版。

[15] 徐东升、汲广运主编：《沂蒙精神研究》，山东人民出版社 2017 年版。

[16] 徐东升、孙海英、叶桉著：《中国共产党革命精神研究》，山东人民出版社 2017 年版。

[17] 孙海英、陈永莲著：《沂蒙精神与临沂革命老区跨越式发展研究》，山东人民出版社 2017 年版。

[18] 徐东升、孙海英等编著：《沂蒙精神故事选》，济南出版社 2018 年版。

[19] 徐东升、汲广运等著：《马克思主义群众观视域下的沂蒙精神研究》，人民出版社 2020 年版。

[20] 李高东著：《沂蒙精神与新时代全面从严治党

研究》，山东人民出版社 2018 年版。

[21] 王春梅、方艳编著：《沂蒙红嫂故事选》，济南出版社 2019 年版。

[22] 中共山东省委党史研究院、中共临沂市委党史研究院编：《沂蒙精神志》，山东人民出版社 2021 年版。

[23] 中共临沂市委党史研究院、临沂市地方史志研究院编：《沂蒙新愚公》，北京燕山出版社 2020 年版。

[24] 中共山东省委党史研究院（山东省地方史志研究院）、中共临沂市委党史研究院（临沂市地方史志研究院）编：《沂蒙红嫂志》，新华出版社 2021 年版。

[25] 徐东升、孙海英主编：《沂蒙红色文化符号》，九州出版社 2021 年版。

[26] 徐东升、汲广运主编：《沂蒙精神与新时代党的建设丛书》（全 5 册），山东人民出版社 2022 年版。

后 记

　　《丛书》的编纂，是在山东省委宣传部直接领导下完成的。省委常委、宣传部部长白玉刚同志统筹策划部署，并担任编委会主任，多次主持召开编委会会议，提出明确目标要求和指导意见。省委宣传部分管日常工作的副部长、省文明办主任、省新闻办主任袭艳春同志对本书的立项出版、风格设计等方面提出了许多宝贵意见。在魏长民、毕司东、程守田、张同海、冷兴邦等同志的大力指导支持下，以教育部人文社科重点研究基地山东师范大学齐鲁文化研究院为学术挂靠单位，组建了《丛书》编纂学术委员会，具体负责编纂工作。山东师范大学特聘资深教授王志民任主任，山东大学儒学高等研究院教授杨朝明、中共山东省委党史研究院原一级巡视员韩延明、鲁东大学原副校长刘焕阳任副主任，全省相关高校、科研单位的15名学者为委员。

　　编纂过程中，《丛书》被列为山东省社科规划3个重大委托项目和16个一般项目。杨朝明为传统文化重大项目组首席专家，韩延明为红色文化重大项目组首席专家，刘焕阳为河海文化重大项目组首席专家。编委会经反复研讨，制定了《编撰体例》《编撰指导意见》；在省委宣传部支持下，采取主任统一领导与首席专家具体负责相结合的方式，认真落实各卷主编为质量第一责任人、首席专家和学术委员为主要质量把关人的运作机制；多次召开线上与线下、全体与分组相结合的研讨会，对提纲设计、样稿研讨、通稿审稿等关键环节，深入研讨、反复审议，编委会与全体编纂人员团结合作、齐心协力，付出了艰辛劳动。山东文艺出版社提前介入，对编纂工作和撰稿体例等提出了许多宝贵意见。在此，我们谨向为《丛书》编纂付出心血的各位领导、专家、作者和所有相关同志们表示诚挚感谢！

本册编纂，得到首席专家韩延明教授和学术委员汲广运教授、章猷才教授、田同军教授、李金陵教授、吕志俊教授的悉心指导，并得到中共临沂市委宣传部的大力支持。书中图片主要选自李文明、陈庆堂、张晓梅合著的《沂蒙精神图片史》。主编陈三营博士（临沂大学马克思主义学院副教授）全面负责本册的编纂工作，徐东升、孙海英、王春梅、白春霞任副主编。具体撰写工作由陈三营、徐东升、孙海英、王春梅、刘慧、白春霞、李高东、陈永莲共同完成。

由于水平和条件所限，不妥之处在所难免，欢迎有关专家和广大读者批评指正。

编者

2023 年 8 月